AF667832

GRöLS Verlage

„Bücher sind wie Fallschirme. Sie nützen uns nichts, wenn wir sie nicht öffnen."

Gröls Verlag

Redaktionelle Hinweise und Impressum

Das vorliegende Werk wurde zugunsten der Authentizität sehr zurückhaltend bearbeitet. So wurden etwa ursprüngliche Rechtschreibfehler *nicht* systematisch behoben, denn kleine Unvollkommenheiten machen das Buch – wie im Übrigen den Menschen – erst authentisch. Mitunter wurden jedoch zum Beispiel Absätze behutsam neu getrennt, um den Lesefluss zu erleichtern.

Um die Texte zu rekonstruieren, werden antiquarische Bücher von Lesegeräten gescannt und dann durch eine Software lesbar gemacht. Der so entstandene Text wird von Menschen gegengelesen und korrigiert – hierbei treten auch Fehler auf. Wenn Sie ebenfalls antiquarische Texte einreichen möchten, finden Sie weitere Informationen auf www.groels.de

Viel Freude bei der Lektüre wünscht Ihnen das Team des Gröls-Verlags.

Adressen

Verleger: Sophia Gröls, Im Borngrund 26, 61440 Oberursel

Externer Dienstleister für Distribution & Herstellung: BoD, In de Tarpen 42, 22848 Norderstedt

Unsere „Edition | Werke der Weltliteratur“ hat den Anspruch, eine der größten und vollständigsten Sammlungen klassischer Literatur in deutscher Sprache zu sein. Nach und nach versammeln wir hier nicht nur die „üblichen Verdächtigen“ von Goethe bis Schiller, sondern auch Kleinode der vergangenen Jahrhunderte, die – zu Unrecht – drohen, in Vergessenheit zu geraten. Wir kultivieren und kuratieren damit einen der wertvollsten Bereiche der abendländischen Kultur. Kleine Auswahl:

Francis Bacon • Neues Organon • **Balzac** • Glanz und Elend der Kurtisanen • **Joachim H. Campe** • Robinson der Jüngere • **Dante Alighieri** • Die Göttliche Komödie • **Daniel Defoe** • Robinson Crusoe • **Charles Dickens** • Oliver Twist • **Denis Diderot** • Jacques der Fatalist • **Fjodor Dostojewski** • Schuld und Sühne • **Arthur Conan Doyle** • Der Hund von Baskerville • **Marie von Ebner-Eschenbach** • Das Gemeindekind • **Elisabeth von Österreich** • Das Poetische Tagebuch • **Friedrich Engels** • Die Lage der arbeitenden Klasse • **Ludwig Feuerbach** • Das Wesen des Christentums • **Johann G. Fichte** • Reden an die deutsche Nation • **Fitzgerald** • Zärtlich ist die Nacht • **Flaubert** • Madame Bovary • **Gorch Fock** • Seefahrt ist not! • **Theodor Fontane** • Effi Briest • **Robert Musil** • Über die Dummheit • **Edgar Wallace** • Der Frosch mit der Maske • **Jakob Wassermann** • Der Fall Maurizius • **Oscar Wilde** • Das Bildnis des Dorian Grey • **Émile Zola** • Germinal • **Stefan Zweig** • Schachnovelle • **Hugo von Hofmannsthal** • Der Tor und der Tod • **Anton Tschechow** • Ein Heiratsantrag • **Arthur Schnitzler** • Reigen • **Friedrich Schiller** • Kabale und Liebe • **Nicolo Machiavelli** • Der Fürst • **Gotthold E. Lessing** • Nathan der Weise • **Augustinus** • Die Bekenntnisse des heiligen Augustinus • **Marcus Aurelius** • Selbstbetrachtungen • **Charles Baudelaire** • Die Blumen des Bösen • **Harriett Stowe** • Onkel Toms Hütte • **Walter Benjamin** • Deutsche Menschen • **Hugo Bettauer** • Die Stadt ohne Juden • **Lewis Caroll** • *und viele mehr….*

Edgar Wallace

Der unheimliche Mönch

Übersetzung

von

Hans Herdegen

Inhalt

1

O'Shea befand sich schon die ganze Nacht über in einer entsetzlichen Stimmung. Aufgeregt ging er auf dem Wiesenabhang auf und ab, sprach halblaut mit sich selbst, gestikulierte mit den Händen, als ob er in einer großen Versammlung redete, und lachte dann nervös über seine eigenen geheimnisvollen Witze. Und als der Morgen graute, war er über den kleinen Lipski hergefallen und hatte ihn mit einem Fausthieb zu Boden geschlagen. Das hatte auch seinen Grund, denn Lipski hatte es gewagt, eine Zigarette gegen jedes Verbot anzustecken. Brutal hatte O'Shea ihn niedergestreckt. Die beiden anderen, die zugegen waren, hatten sich nicht getraut, ihn daran zu hindern.

Joe Connor lag der Länge nach im Grase, kaute an einem Halm und beobachtete den ruhelosen Wanderer mit düsteren Blicken. Auch Marks, der mit untergeschlagenen Beinen neben seinem Kameraden saß, schaute ihm nach, und ein halb spöttisches, halb schlaues Lächeln spielte dabei um seine schmalen Lippen.

„Heute ist er wieder einmal glatt verrückt“, sagte Joe Connor leise. „Wenn er diesmal die Sache hinkriegt, ohne daß wir für den Rest unseres Lebens ins Gefängnis wandern, dann haben wir Glück.“

Marks feuchtete die trockenen Lippen mit der Zunge an.

„O'Shea ist am glänzendsten, wenn er so verrückt ist“, sagte er. Seine Stimme klang kultiviert. Seine Bekannten erzählten sich auch, daß er Theologie studiert hatte, bis er eine leichtere und bequemere Art fand, seinen Lebensunterhalt zu verdienen, und zu einem der gerissensten und gefährlichsten Verbrecher Englands wurde.

„Trotzdem braucht er seine Kumpane nicht derartig niederzuschlagen, das ist doch Blödsinn. Dieser Lipski stöhnt so infam; kannst du nicht dafür sorgen, daß er das Maul hält?“

Joe Connor erhob sich nicht. Er sah nur zu Lipski hinüber, der auf dem Boden lag und abwechselnd stöhnte und fluchte.

„Der wird schon wieder zu sich kommen“, erwiderte Connor gleichgültig. „Je mehr Prügel er kriegt, desto mehr Respekt hat er vor O'Shea.“

Er rückte ein wenig näher zu seinem Kameraden heran und fragte leise: „Hast du jemals O'Shea deutlich gesehen? – Ich meine – sein Gesicht?“

„Nein, noch nie, und dabei habe ich doch schon dreimal mit ihm zusammengearbeitet. Immer hatte er diesen Mantel an, den er auch heute abend trägt, den Kragen hochgeschlagen und den breitkrempigen schwarzen Hut tief ins Gesicht gezogen. Ich hätte nie geglaubt, daß es einen derartigen Verbrecher gibt – ich dachte, so etwas könnte man nur auf der Bühne sehen. Das erstemal habe ich von ihm gehört, als er mich rufen ließ – ich traf ihn damals in der St. Alban's Road um zwölf Uhr nachts. Ich habe sein Gesicht niemals zu sehen bekommen, aber er wußte alles von mir und sagte mir, wie oft ich bereits verurteilt worden war. Dann setzte er mir auseinander, wozu er mich brauchte.“

„Und vor allem hat er dich gut bezahlt“, entgegnete Marks gleichgültig, als Joe eine Pause machte.

„Er zahlt wirklich ausgezeichnet, und er holt sich seine Leute immer auf dieselbe Art und Weise zusammen.“

Marks spitzte die Lippen, als ob er pfeifen wollte, dann sah er nachdenklich zu dem ruhelos umherwandernden O'Shea hinüber.

„Ja, er ist verrückt – aber er zahlt gut. Und diesmal wird er noch besser zahlen als sonst!“

Connor sah plötzlich auf. „Zweihundertfünfzig Pfund Belohnung und fünfzig Pfund, um davonzukommen, das nenne ich eine anständige Bezahlung.“

„Und ich sage dir, diesmal zahlt er mehr“, meinte Marks ruhig. „Die Geschichte, zu der er uns hier braucht, bezahlt sich so gut, daß er es auch kann. Meinst du, ich steure ein Lastauto mit dreitausend Kilo australischen Goldstücken durch die Straßen von London und riskiere, dafür an den Galgen zu kommen – nur für schäbige zweihundertfünfzig Pfund und das bißchen Geld für die Reise? Ich denke nicht daran!“

Er erhob sich und klopfte den Staub von seiner Hose. O'Shea war im Augenblick nicht zu sehen, er war auf die andere Seite des Hügels gegangen und befand sich wahrscheinlich hinter der Hecke, die in einem großen Halbbogen die Wiese teilte.

„Drei Tonnen Gold, das ist mehr als eine halbe Million Pfund! Wir müssen mindestens zehn Prozent davon bekommen.“

Connor grinste, er wies mit einer Kopfbewegung auf Lipski, der noch immer stöhnte.

„Willst du den auch ins Vertrauen ziehen?“

Marks biß sich auf die Lippen.

„Ich glaube, das ist überflüssig, den brauchen wir nicht.“

Er schaute sich um, ob etwas von O'Shea zu sehen sei, dann ließ er sich wieder neben seinem Kameraden nieder.

„Wir haben die ganze Sache in der Hand“, flüsterte er. „Morgen wird O'Shea wieder bei Vernunft sein. Diese Anfälle hat er nur selten, und wenn er wieder bei klarem Verstand ist, hört er auch an, was ich ihm zu sagen habe. Also, wir halten diesen Goldtransport an – das ist ein alter Trick von O'Shea –, indem wir die Talmulde vergasen, durch die der Weg hier führt. Ich wundere mich nur, daß O'Shea den Mut hat, den Plan zu wiederholen. Ich werde das Lastauto mit dem Gold zur Stadt fahren und an einer sicheren Stelle abstellen. Meinst du, O'Shea würde uns nicht unseren Teil geben, wenn er vor die Wahl gestellt wird, uns unseren Anteil auszubezahlen oder Inspektor Bradley in die Hände zu fallen?"

Connor brach einen Grashalm ab und kaute daran. „Er ist verteufelt schlau –"

Marks verzog spöttisch die Lippen.

„Ist das nicht immer so? Sitzen in Dartmoor nicht lauter schlaue Leute? Inspektor Hallick macht sich doch einen Scherz daraus, daß er die Gefangenen nur Akademiker nennt. Nein, mein Lieber, glaube mir, Schlauheit ist ein relativer Begriff –"

„Was bedeutet dieses Fremdwort nun schon wieder?" brummte Connor und runzelte die Stirn. „Versuch bloß nicht, mich mit diesen gebildeten Worten besoffen zu machen! Red nicht immer so gelehrt, sprich wie ein gewöhnlicher Mensch, damit jeder dich verstehen kann."

Er sah sich wieder ein wenig ängstlich um. Die Tatsache, daß O'Shea nicht zu sehen war, beunruhigte ihn. Das Auto O'Sheas stand hinter dem Hügel auf einem kleinen Nebenweg. O'Shea würde sich, nachdem der Überfall gelungen war, damit sofort in Sicherheit bringen. Seine Leute konnten dann zusehen, wie sie durch all die Gefahren hindurchkamen. Sie hatten den schwierigeren Teil auszuführen, aber sie mußten zugeben, daß der ganze Plan genial ausgedacht und organisiert war.

In einiger Entfernung lagen links an einem steilen Abhang vier große Gaszylinder in einer Reihe. Connor und Marks konnten von ihrem Platz aus die lange hellgraue Landstraße sehen, die durch die tiefe Mulde führte. In kürzester Zeit mußten die Lichter des Lastautos mit dem Goldtransport auftauchen. Connor hielt seine Gasmaske in der Hand; Marks hatte seine in die Tasche gesteckt.

„Der muß eine Unmenge Geld haben", meinte Connor.

„Wer – O'Shea?" Marks zuckte die Schultern. „Das weiß ich nicht, er gibt aber auch das Geld aus wie kein anderer. Man sollte eigentlich meinen, daß er wieder pleite ist. Es ist nahezu zwölf Monate her, daß er seinen letzten großen Fang gemacht hat."

„Was macht der bloß mit all dem vielen Geld?" fragte Connor neugierig.

„Er gibt es aus wie wir auch. Als ich ihn das letzte Mal fragte, sagte er: ›Ich muß ein großes Landhaus kaufen.‹ Dort wollte er sich niederlassen und ein bequemes, ruhiges Leben führen. Als ich ihn gestern abend wiedersah, sagte er, daß er die Hälfte des Goldes brauche, um seine Schulden zu bezahlen."

Marks rieb sich mit dem Taschentuch die Fingerspitzen ab.

„Unter anderem kann er lügen wie gedruckt", bemerkte er leichthin. „Aber was war das?"

Marks sah argwöhnisch auf die Hecke, die nur ein paar Meter von ihnen entfernt war, denn er hatte ein Rascheln im Laub gehört. Schnell sprang er auf, eilte zu den Sträuchern und sah sich nach allen Seiten um, aber er konnte niemanden entdecken. Nachdenklich kehrte er zu seinem Kameraden zurück.

„Ich möchte nur wissen, ob der Teufel gelauscht und wie lang er unsere Unterredung mit angehört hat!"

„Wen meinst du? Doch nicht etwa O'Shea?“ fragte Connor bestürzt.

Marks antwortete nicht, er holte nur tief Luft. Allem Anschein nach fühlte er sich nicht sicher.

„Wenn er etwas gehört hätte, wäre er zu uns gekommen. Er ist in einer so verteufelt schlechten Stimmung, daß er sofort losgeplatzt wäre.“

Connor stand auf und streckte sich.

„Ich möchte nur wissen, was für ein Leben er führt. Beinahe möchte ich wetten, daß er eine Frau und eine Familie irgendwo im Land unterhält. Solche Leute machen so etwas. Da kommt er übrigens!“

Sie sahen die Gestalt O'Sheas, der von der Höhe des Hügels auf sie zukam.

„Halten Sie die Masken bereit. Sie wissen, was Sie zu tun haben, Marks?“

Die Stimme klang durch den hochgeschlagenen Kragen etwas gedämpft und undeutlich, aber trotzdem war der Ton freundlich und liebenswürdig.

„Holen Sie einmal den Kerl her“, sagte O'Shea und zeigte auf Lipski.

Die beiden gehorchten und kamen gleich darauf mit dem noch etwas benommenen Lipski wieder zu O'Shea.

„Sie gehen an das Ende der Straße“, sagte er zu Lipski. „Stecken Sie die rote Laterne an. Es ist nicht notwendig, daß die Kerle anhalten, sie brauchen nur langsamer zu fahren. Unter keinen Umständen gehen Sie aus der Deckung heraus. Es sind wahrscheinlich zehn schwerbewaffnete Polizisten auf dem Lastauto.“

O'Shea ging dann zu den Gasbehältern hinüber. An der Öffnung jeder Flasche war ein dicker Gummischlauch befestigt, der in die Mulde hinabführte. Mit einem Schraubenschlüssel drehte er die Ventile auf. Unter leisem Zischen entwich das Gas durch die Schläuche.

„Das Gas ist schwer und bleibt unten im tiefsten Teil der Mulde. Sie brauchen Ihre Gasmaske erst im letzten Moment aufzusetzen."

Er folgte Lipski bis zum Ende der Senke und kontrollierte, daß der Mann die rote Laterne anzündete. Dann zeigte er ihm die Stelle, wo er sich verstehen sollte, und ging zu Marks zurück. Nicht im mindesten ließ er sich anmerken, daß er die Unterhaltung der beiden gehört hatte. Jetzt war es auch nicht an der Zeit, mit ihnen abzurechnen oder einen Streit vom Zaun zu brechen.

Gleich darauf hörten sie von fern das Geräusch des Lastautos, das sich auf der Straße näherte, lange bevor die Scheinwerfer aufblitzten. Der Transport mußte den Wald von Felsted passieren, bevor er an dieser Stelle vorbeikam.

„Jetzt!" rief O'Shea scharf.

Er selbst setzte keine Gasmaske auf.

„Schießen Sie nicht, wenn es nicht durchaus nötig ist, aber halten Sie die Waffen bereit, falls etwas schiefgehen sollte. Und denken Sie daran, daß die Begleitmannschaften sofort feuern, wenn sich jemand blicken läßt. Warten Sie, bis die Leute von dem Gas betäubt sind. Sie wissen doch, wo Sie mich morgen treffen sollen?"

Marks nickte. Das Lastauto näherte sich in verhältnismäßig langsamem Tempo. Allem Anschein nach hatte der Chauffeur die rote Laterne entdeckt, denn jetzt hörten sie das durchdringende Heulen einer Sirene. O'Shea konnte von seinem Platz aus die ganze Straße deutlich übersehen.

Der Lastwagen war bis auf fünfzig Meter an die vergaste Stelle herangekommen und fuhr jetzt nur noch langsam. Plötzlich sprang Lipski aus den Büschen, aber nicht an der Stelle, wo O'Shea ihn postiert hatte, sondern etwa zehn bis fünfzehn Meter weiter. Mit erhobenen Händen lief er auf das Lastauto zu. Im nächsten Moment knallte ein Schuß. Lipski feuerte, um die Aufmerksamkeit der Leute im Auto auf sich zu lenken. O'Shea ballte die Fäuste. Lipski wollte ihn verraten.

„Achtung!“ rief er Marks und Connor zu. „Wenn die Sache schiefgeht, laufen Sie querfeldein nach verschiedenen Richtungen!“

Und dann geschah das Wunder. Von dem Lastauto fielen zwei Schüsse. Lipski stürzte getroffen am Rand der Straße nieder, und der Wagen fuhr langsam und vorsichtig weiter. Die Begleitmannschaft hatte Lipskis Absicht nicht verstanden, sondern geglaubt, daß er den Goldtransport anhalten wollte.

„Glänzend!“ sagte O'Shea mit heiserer Stimme, denn im Augenblick fuhr das Lastauto in die vergaste Senke.

In einer Sekunde war alles vorüber. Der Chauffeur sank bewußtlos auf sein Steuerrad, und bald darauf fuhr der Wagen gegen die hohe Böschung und blieb stehen. O'Shea hatte an alles gedacht. Wenn Lipski nicht das rote Licht gezeigt hätte, wäre der Lastwagen mit unverminderter Geschwindigkeit weitergefahren und dann so schwer beschädigt worden, daß er nicht hätte weiterfahren können. So aber brauchte Marks nur auf den Führersitz zu steigen und den Rückwärtsgang einzuschalten, um wieder freizukommen.

Ein paar Minuten später war das Auto mit dem Goldtransport aus der Senke herausgefahren. Die bewußtlosen Polizisten und der Chauffeur waren gefesselt und lagen am Straßenrand. Innerhalb von fünf Minuten war alles erledigt gewesen. Marks nahm seine Maske ab und setzte seine Uniformmütze auf, während Connor ins Innere des Wagens kroch, wo die kleinen, versiegelten Kisten mit dem Gold standen.

„Vorwärts!“ befahl O'Shea.

Das Lastauto setzte sich in Bewegung, und zehn Minuten später war es außer Sicht.

O'Shea ging zu seinem Wagen zurück und fuhr in der entgegengesetzten Richtung davon.

2

Es war eine regnerische Nacht in London, und das war Connor recht. Das Wetter begünstigte sein Vorhaben. Er trat durch die Seitentür eines kleinen Restaurants in Soho, stieg die enge Treppe hinauf und klopfte an eine Tür. Ein Stuhl wurde, gerückt, ein Schlüssel drehte sich, dann öffnete Marks, der allein im Zimmer war.

„Hast du ihn gesprochen?“ fragte Connor hastig.

„Ja, ich habe O'Shea am Themseufer gesehen. Übrigens – hast du die Zeitungen gelesen?“

Connor grinste. „Ich bin nur froh, daß die Kerle nicht krepiert sind.“

Marks warf ihm einen verächtlichen Blick zu.

Auf dem Tisch lag eine Zeitung, und auf der ersten Seite las Connor die Schlagzeilen:

Ein Goldtransport von drei Tonnen wird zwischen Southampton und London erbeutet.

Einer der Räuber tot am Tatort aufgefunden.
Transportauto spurlos verschwunden.

In den frühen Morgenstunden wurde gestern ein kühner Handstreich ausgeführt, der den Tod von sechs Beamten von Scotland Yard hätte herbeiführen können. Es wurde ein Transport von einer halben Million Pfund erbeutet, der für die Bank von England bestimmt war.

Der Dampfer ›Aritania‹, der gestern abend in Southampton ankam, hatte eine Goldsendung von Australien an Bord. Um möglichst wenig Aufsehen zu erregen, wurde das Gold in einem Lastauto von Southampton um drei Uhr morgens abgesandt, damit es vor Beginn des regen Verkehrs in London ankommen sollte. In der Nähe des Waldes von Felsted führt die Straße durch eine Senke, die von der Räuberbande vergast wurde. Daß ein Überfall geplant war, merkten die Begleitmannschaften, bevor sie die gefährliche Stelle passierten. Ein Mann sprang aus einer Hecke und schoß auf das Lastauto. Die Beamten erwiderten das Feuer sofort, und der Betreffende wurde später sterbend am Straßenrand aufgefunden. Einen zusammenhängenden Bericht konnte er nicht geben, er nannte nur einen Namen, wahrscheinlich den des Bandenführers.

Die Inspektoren Bradley und Hallick sind mit der Aufklärung des Falles betraut worden ...

Dann folgte noch ein eingehender Bericht und die offizielle Bekanntmachung der Polizei, die sich auf die Aussagen eines der Beamten stützten.

„Die Nachricht scheint in London großes Aufsehen hervorgerufen zu haben“, sagte Marks, als er die Zeitung zusammenfaltete.

„Und was ist aus O'Shea geworden?“ fragte Connor ungeduldig. „Hat er unseren Vorschlag angenommen? Will er uns tatsächlich zehn Prozent zahlen?“

Marks nickte. „Er war ein wenig ärgerlich, was ja erklärlich ist. Aber in seinen lichten Momenten ist O'Shea klug und kann klar denken. Am meisten hat ihn natürlich gewurmt, daß wir das Lastauto an einer anderen Stelle parkten, als er es vorgeschrieben hatte. Er wollte sofort wissen, wo wir das Gold gelassen hätten, und nur so war es möglich, ihn zu dem Zugeständnis zu bringen.“

„Ja, und wie geht die Sache nun weiter?“ fragte Connor besorgt. „Wir bringen das Lastauto heute abend nach Barnes Common. Er weiß noch nicht, daß wir die Goldkisten auf einen kleineren Wagen umgeladen haben. Dafür sollte er uns nur dankbar sein, denn der große Wagen wurde heute abend von Inspektor Hallick an der Stelle gefunden, wo O'Shea ihn hinhaben wollte. Natürlich hatten die Leute das Nachsehen, denn er war leer.“

Connor strich sich mit der Hand über das unrasierte Kinn. „O'Shea wird uns nicht so leichten Kaufs davonkommen lassen“, sagte er und runzelte die Stirn. „Du kennst ihn doch auch, Marks.“ „Nun, wir werden ja sehen“, entgegnete Marks lächelnd und mixte sich einen Whisky Soda. „Wenn wir das Glas ausgetrunken haben, wollen wir gehen.“ Er sah nach der Uhr. „Wir haben noch eine Menge Zeit.“ Sie fuhren ein Stück mit der Straßenbahn und gingen dann durch enge, dunkle Gassen, bis Marks am Eingang eines Hofes stehenblieb. Er stieß mit der Hand den Torflügel auf. Dann gingen die beiden über den schlechtgepflasterten Hof nach dem Schuppen, wo sie das Lastauto abgestellt hatten. Marks schloß auf und nahm das Vorhängeschloß ab.

„So, das hätten wir geschafft“, sagte er, als er ins Innere trat.

Aber plötzlich wurde er von einer festen Hand gepackt. Blitzschnell faßte er nach seiner Waffe.

„Machen Sie keine Dummheiten“, sagte Inspektor Hallick. „Ich verhafte Sie, Marks. Vielleicht erklären Sie uns, wo das Auto geblieben ist, das noch vor zwei Stunden hier stand.“

Marks konnte es noch nicht fassen. Im ersten Augenblick erschrak er so sehr, daß er jede Vorsichtsmaßregel außer acht ließ.

„Das Lastauto?“ fragte er atemlos. „Ist das nicht hier?“

„Es war schon fort, als wir vor einer Stunde hierherkamen“, erwiderte ein anderer Polizeibeamter. „Also kommen Sie, Marks, und sagen Sie uns, wo Sie den Wagen gelassen haben.“

Marks war keiner Antwort fähig. Er fühlte nur noch, daß sich Handschellen um seine Handgelenke schlössen. Connor fluchte wild, als die Beamten ihn zu dem Gefangenenauto führten, das im Dunkeln hielt. Beide wußten nun, daß O'Shea sie durchschaut und der Polizei verraten hatte.

3

Mary Redmaynes Leben war ziemlich unruhig verlaufen, da sich die finanziellen Verhältnisse ihres Vaters häufig änderten. Manchmal war er verhältnismäßig wohlhabend, dann folgten wieder Zeiten, in denen es ihm schlechtging. Sie hatte mit ihm in den schönsten Hotels gewohnt, ebenso in billigen Quartieren. An dieses Auf und Ab war sie so gewöhnt, daß sie nicht erstaunt war, als sie aus der vornehmen Privatschule herausgenommen wurde und in die Volksschule kam.

Die Leute, die ihren Vater kannten, nannten ihn den Colonel, aber er selbst mied diesen militärischen Titel. Er hatte seiner Tochter auch nie etwas von seinem Dienst bei der Armee erzählt. Erst als er ins Herrenhaus von Monkshall zog, ließ er den Titel ›Colonel‹ auf seine Visitenkarte drucken. Monkshall war ein alter Adelssitz, der Marys kühnste Träume von Komfort übertraf. Es war ein altes Gebäude aus der Tudorzeit, vielleicht stammten die Fundamente noch aus einer älteren Periode. Das Herrenhaus lag in einem großen Park von über vierzig Morgen mit wunderbarem altem Baumbestand. Das Schloß war in der ganzen Gegend bekannt und berühmt, so daß die amerikanischen Touristen mit großen Autobussen dorthin kamen, um es zu besichtigen. Als aber Colonel Redmayne den Besitz erwarb, sperrte er die Parktore für alle Neugierigen und gestattete nicht einmal die Besichtigung der alten Abteiruine in der Nähe des Herrenhauses.

Colonel Redmayne war plötzlich reich geworden, und zwar, als Mary sechzehn Jahre alt wurde. Woher dieser Reichtum kam, konnte sie nicht einmal ahnen. Sie wußte nur, daß ihr Vater in der einen Woche noch bettelarm gewesen war, von Gerichtsvollziehern bedrängt wurde und sich nur durch Seitenstraßen schlich, um Gläubigern aus dem Weg zu gehen. In der nächsten Woche hatte er den schönen Herrensitz Monkshall erworben und stattete ihn mit reichen, teuren Möbeln aus.

Als sie dann selbst nach Monkshall zog, stand sie in dem Übergangsalter zwischen Backfisch und junger Dame.

Ferdie Fane kam oft als Gast zum Roten Löwen, nur um sie zu sehen, ganz gleich, ob es Sommer oder Winter war. Er hatte aber die unangenehme Eigenschaft, daß er mehr trank, als ihm zuträglich war. Als sie mit ihrem Vater die Straße entlangging, beobachtete er sie vom Gasthausfenster aus. Sie trug keinen Hut, so daß ihre goldbraunen Locken in der Sonne glänzten.

„Der Frühling ist gekommen, Adolphus“, sagte er zu dem Gastwirt. „Ich sah, wie er vorüberzog.“

Ferdie Fane war fünfunddreißig Jahre alt, hatte ein längliches Gesicht und machte mit seiner großen Hornbrille einen verhältnismäßig guten Eindruck. Ein großes Glas Bier stand vor ihm; das war außergewöhnlich, denn im allgemeinen trank er heimlich auf seinem Zimmer. Häufig kam er unerwartet in das Gasthaus und nahm dort Quartier, so daß es dem Wirt manchmal nicht paßte. Als Mary Redmayne und ihr düster dreinschauender Vater an dem Gasthaus vorübergingen, hatte der Wirt eine Gelegenheit, seinem Gast etwas zu sagen, was er schon lange beabsichtigte. “Es wundert mich, daß Sie nicht in dem Herrenhaus wohnen, Mr. Fane.“

Ein vorwurfsvoller Blick traf ihn.

„Wollen Sie mich loswerden?“ fragte Fane höflich. „Warum soll ich mein Logis wechseln?“

Dann schüttelte er den Kopf.

„Nein, ich eigne mich nicht zum zahlenden Gast im Herrenhaus. Ich bin nicht vornehm genug. Und es wundert mich, daß Redmayne überhaupt zahlende Gäste bei sich aufnimmt.“

Der Wirt konnte keine Erklärung dafür gehen.

„Ich weiß wirklich nicht, warum er das tut. Der Colonel hat doch so viel Geld und braucht keine weiteren Einkünfte. Vielleicht, daß er sich zu einsam fühlt. Aber er hat während der letzten Jahre dauernd Gäste bei sich aufgenommen. Natürlich ist er sehr wählerisch; es kann nicht jeder dort ankommen.“

„Das ist es ja, was ich sage“, entgegnete Ferdie Fane, „und deshalb weiß ich auch, daß er mich nicht nehmen wird. Sie müssen mich schon bei sich behalten, daran kann ich nichts ändern.“

„Ich habe durchaus nichts dagegen, daß Sie bei mir wohnen", erklärte der Wirt schnell. „Sie geben mir keinen Anlaß zu Klagen, nur –"

„Sie wollten sagen, daß ich in meinen Gewohnheiten regelmäßiger sein könnte!"

Fane hob das volle Glas und nahm einen kräftigen Schluck; er lachte leise vor sich hin, als ob ihm ein Scherz einfiele. Aber gleich darauf wurde er wieder ernst und sah stirnrunzelnd vor sich hin.

„Diese Mary Redmayne ist doch wirklich ein famoses, hübsches Mädel. Meinen Sie nicht auch?"

„Sie ist erst vor vier Wochen aus dem College zurückgekommen, und sie ist die netteste junge Dame, die ich jemals gesehen habe."

„Ach, junge Mädchen sind alle nett und liebenswürdig", entgegnete Fane unbestimmt.

Am nächsten Tag reiste er mit seiner Angelrute wieder ab. Er hatte weder geangelt, noch hatte er die Golfschläger benützt, die er zu seinem Landaufenthalt mitgebracht hatte.

Das Leben im Herrenhaus verlief ruhig und ungestört, so daß Mary Redmayne allmählich den Platz liebgewann. Sie mochte Mr. Goodman gut leiden. Er war ein älterer Herr mit grauen Haaren, der langsam und bedächtig sprach und schon lange in Monkshall wohnte. Er war der erste zahlende Gast gewesen, den ihr Vater ins Haus genommen hatte. Und sie schätzte den schönen, alten Park mit den schattigen Wegen und das altertümliche, romantische Haus. Selbst die Schweigsamkeit ihres Vaters bedrückte sie kaum. Er war älter geworden, und sein Gesicht sah jetzt noch um einen Schatten bleicher aus als gewöhnlich. Sie war es gewohnt, daß er wenig lächelte, und er litt von jeher an Nervosität. Mitten in der Nacht hatte sie schon beobachtet, daß er im Haus umherging, und einmal überraschte sie ihn in seinem Arbeitszimmer in einem merkwürdigen Zustand. Er sprach heiser und langsam, aber Mary hatte die Erklärung bald gefunden. Eine leere Whiskyflasche stand in der Ecke. Er hatte also wieder seiner alten Schwäche nachgegeben.

Mit der Zeit fiel jedoch auch ihr das alte, einsame Haus auf die Nerven. Manchmal erwachte sie mitten in der Nacht plötzlich und richtete sich im Bett auf. Dann versuchte sie sich darüber klarzuwerden, wodurch sie so unvermittelt aus dem Schlaf aufgeschreckt war. Einmal hatte sie Geräusche gehört, und der kalte Angstschweiß trat auf ihre Stirn. Und nicht nur einmal hatte sie geglaubt, von weither dumpfe Orgeltöne zu vernehmen.

Am nächsten Morgen fragte sie Cotton, den Butler, aber der hatte nichts gehört. Die anderen Dienstboten waren empfindlicher, und das weibliche Personal wechselte alle paar Wochen oder Monate. Mary fragte die Mädchen aus, aber ihr Vater kam dahinter und verbot es ihr. Das merkwürdigste war, daß er diese Zustände als selbstverständlich hinnahm und nichts zu den häufigen Kündigungen der Dienstboten sagte.

„In diesem Haus komme ich überhaupt nicht zur Ruhe, ich habe furchtbare Angst", klagte ein weinendes Dienstmädchen. „Haben Sie auch die Schreie während der Nacht gehört? Ich schlafe im östlichen Flügel – es ist furchtbar. In dem alten Schloß spukt es."

„Aber Anna, das ist doch alles Unsinn", schalt Mary und gab sich Mühe, ruhig zu erscheinen. „Wie können Sie solche Dinge überhaupt glauben!"

„Aber es stimmt, Miss Mary", erwiderte das Mädchen hartnäckig. „Ich habe gesehen, wie der Geist im Mondschein auf dem Rasen wandelte!"

Zuerst wollte Mary das nicht glauben, aber später sah sie selbst merkwürdige Dinge. Einer der Gäste, der erst kürzlich zugezogen war, blieb nur zwei Nächte und verließ dann das Herrenhaus, da er mit seinen Nerven vollkommen fertig war.

„Ach, das ist alles nur Einbildung“, sagte der Colonel, als sich Mary an ihn wandte. „Mein liebes Kind, du fängst auch an, dich zu fürchten wie die Dienstmädchen.“

Später entschuldigte er sich wegen dieser Äußerung, aber Mary hörte weiter Geräusche in dem Schloß. Sie begann auch darauf zu achten, und schließlich sah auch sie seltsame Dinge, so daß sie an ihrem klaren Verstand zweifelte.

Als sie eines Tages allein durchs Dorf ging, bemerkte sie einen Mann in einem Golfanzug. Der Herr war sehr groß und trug eine Hornbrille. Als sie an ihm vorüberkam, grüßte er sie mit einem freundlichen Lächeln. An diesem Tag sah sie Ferdie Fane zum erstenmal mit Bewußtsein.

4

Chefinspektor Hallick fuhr nach dem Gefängnis von Princetown, um einen letzten Versuch zu machen. Er wußte allerdings schon von Anfang an, daß er keinen Erfolg haben würde. Der Direktor der Anstalt traf ihn am Eingang.

„Ich glaube ja nicht, daß Sie mit diesen Kerlen weiterkommen. Die haben ihre Strafe bald abgesessen und wollen natürlich nichts mehr verraten.“

„Das kann man niemals voraussagen“, entgegnete Hallick lächelnd. „Ich habe einmal eine sehr wertvolle Information von einem Gefangenen erhalten, der am nächsten Tage entlassen wurde.“

Dann gingen beide zusammen zu dem Büro des Direktors.

„Mein Oberwärter sagt, daß die beiden nicht sprechen werden, und der versteht es, sich das Vertrauen der Gefangenen zu erwerben. Als sie damals gefangengenommen wurden und eine lange Strafe bekamen, haben Sie doch alles versucht, um ein Geständnis aus ihnen herauszubringen. Glauben Sie mir, es gibt eine Menge Leute in unserer Anstalt, die gar zu gern wissen möchten, wo das Gold versteckt liegt. Persönlich bin ich davon überzeugt, daß die beiden keine Ahnung von dem Verbleib des Goldes haben. Bei der Gerichtsverhandlung sagten sie doch aus, daß O'Shea sich mit der Beute aus dem Staube gemacht habe, und das halte ich auch für wahrscheinlich.“

Der Chefinspektor lächelte.

„Möchte nur wissen, wo so viel Geld versteckt liegen mag. Als ich sie verhaftete, war ich auch überzeugt, daß O'Shea sie betrogen hatte, aber inzwischen habe ich meine Meinung geändert.“

In diesem Augenblick trat der Oberwärter ins Büro und begrüßte den Chefinspektor.

„Ich habe die beiden heute morgen in ihren Zellen gelassen – Sie wollen doch mit ihnen sprechen?“

„Ich möchte zuerst Connor sehen.“

„Gut, ich werde ihn sofort herunterbringen.“

Er verließ das Büro und ging über den großen, asphaltierten Hof zum Eingang des mächtigen häßlichen Gebäudes. Ein Stahlgitter versperrte die Zugangstür. Nachdem er das komplizierte Schloß geöffnet hatte, trat er durch die Tür in die Halle. Diese wurde in mehreren Geschossen von Galerien umgeben, an denen die einzelnen Zellentüren lagen. Er ging den untersten Gang entlang, blieb vor einer Tür stehen und öffnete sie. Der Gefangene saß in Sträflingskleidung auf der Ecke seines Bettes und hatte das Gesicht in die Hände gestützt. Als ihn der Wärter anrief, erhob er sich verdrießlich.

„Connor, ein Herr von Scotland Yard ist gekommen, um mit Ihnen zu sprechen. Wenn Sie vernünftig sind, dann beantworten Sie seine Fragen, so gut Sie können."

Connor starrte ihn düster an.

„Ich habe nichts zu sagen", erklärte er finster. „Warum können die einen nicht einmal im Gefängnis in Ruhe lassen? Selbst wenn ich wüßte, wo das Geld versteckt liegt, würde ich es doch nicht sagen!"

„Seien Sie doch nicht so dumm! Was können Sie schon dadurch erreichen, daß Sie dauernd Ihre Aussagen verweigern?"

„Nun, die Dummheit ist mir hier im Gefängnis gründlich ausgetrieben worden! Zehn Jahre bin ich hier eingeschlossen worden. Ich kenne jeden Ziegelstein – wer will mich denn sprechen?"

„Chefinspektor Hallick."

Connor verzog das Gesicht. "Will er Marks auch sprechen? Ich dachte, Hallick wäre tot."

„Da haben Sie sich aber mächtig geirrt, der ist sehr lebendig."

Connor wurde von einem Wärter zum Büro des Direktors geführt. Er begrüßte Hallick mit einem Kopfnicken. Er war dem Beamten nicht übel gesinnt und trug ihm nichts nach. Zwischen beiden bestand eine merkwürdige Kameradschaft, wie sie sich manchmal zwischen Polizei und Verbrechern findet.

„Sie verschwenden nur Ihre Zeit mit mir, Mr. Hallick“, sagte er und fügte dann plötzlich ärgerlich hinzu: „Ich kann Ihnen doch weiter nichts sagen. Ich gebe Ihnen nur den einen guten Rat: Suchen Sie O'Shea ausfindig zu machen. Der kann Ihnen Aufklärung geben. Und dann noch eins: Sie müssen ihn finden, bevor ich ihn fasse, wenn Sie von ihm noch etwas erfahren wollen.“

„Wir werden ihn schon finden“, sagte Hallick ruhig.

„Sie wollen doch nur das Geld haben“, erwiderte Connor verächtlich. „Nur deshalb machen Sie all diesen Aufwand. Sie wollen der Bank das Geld wiederbeschaffen und die Belohnung einstecken, die darauf steht. Versuchen Sie es doch einmal mit Marks, vielleicht macht der gemeinsame Sache mit Ihnen.“

In diesem Augenblick öffnete sich die Tür, und Marks wurde ins Zimmer geführt. Er hatte sich während der Jahre der Gefangenschaft kaum verändert. Das hagere, asketische Gesicht war vielleicht noch ein wenig härter, die dünnen Lippen waren noch etwas schmäler geworden, und die Augen lagen tiefer in den Höhlen. Aber er sprach noch ebenso gebildet und war ebenso höflich wie früher.

„Ach, da sind Sie ja, Mr. Hallick! Sie sind hergekommen, um uns in unserem Landhaus einmal aufzusuchen?“

Nun bemerkte er auch Connor und nickte ihm zu. Ja, er machte sogar eine kleine Verbeugung vor ihm.

„Das ist ja sehr liebenswürdig und freundlich von Ihnen, Mr. Hallick. Haben Sie sich auch schon den Park und die Garage angesehen oder das hübsche Billardzimmer?“

„Nun ist es aber genug“, ermahnte ihn der Oberaufseher streng.

„Ach, verzeihen Sie“, sagte Marks und verneigte sich ironisch vor dem Beamten. „Es war alles nur Scherz. Ich habe nicht die Absicht gehabt, jemanden zu kränken. Es ist aber merkwürdig, daß ich Sie hier wiedersehe, Mr. Hallick! Hoffentlich ist es nur ein kurzer Besuch. Sie wollen doch nicht etwa länger bleiben?“ Hallick lächelte.

„Sie wissen doch, warum ich hergekommen bin?“

Marks schüttelte den Kopf, dann sah er den anderen so überrascht an, daß man es kaum für Schauspielerei halten konnte.

„Sie sind doch nicht etwa hergekommen, um mich und meinen armen Freund nach dem verschwundenen Goldtransport zu fragen; aber ich sehe, daß es doch so ist. Sie wollen wohl wissen, wo das Geld versteckt ist? Und ich wünschte, ich könnte es Ihnen sagen. Aber am besten ist es, Sie wenden sich an Mr. O'Shea.“

„Marks, sei doch vernünftig“, sagte Connor ärgerlich, worauf Marks seinen Kameraden gekränkt anschaute. „Es fällt mir im Traum nicht ein, irgendwelche Fragen zu beantworten“, fuhr Connor fort. „Du kannst ja tun, was du nicht lassen kannst, und wenn sie O'Shea bisher nicht gefunden haben, so werde ich ihn bestimmt finden. Wenn ich ihn erst beim Wickel habe, wird er schon merken, was das zu bedeuten hat. Wenn ich hier entlassen werde, kümmere ich mich um niemanden anders mehr. Ich will auch nicht, daß Marks mir hilft, O'Shea zu finden. Ich habe Marks die letzten zehn Jahre Tag für Tag gesehen, und ich kann ihn nicht mehr ausstehen. Ich werde den Mann schon zu fassen kriegen, der mich verraten hat, ganz allein!“

„Glauben Sie das?“ fragte Hallick schnell. „Wissen Sie denn, wo er ist?“

„Ich weiß nur eins“, entgegnete Connor düster, „und Marks weiß es auch. Er hat es an jenem Morgen gesagt, als wir auf den Goldtransport warteten, es ist ihm so herausgefahren. O'Shea wollte sich zurückziehen und sich irgendwo verstecken, aber ich werde

Ihnen weiter nichts erzählen. Vier Monate muß ich noch absitzen, und wenn die vorüber sind, werde ich O'Shea suchen und finden."

„Ach, das ist doch alles Unsinn", erwiderte Hallick. „Den finden Sie nicht, die Polizei hat die ganzen letzten Jahre nach ihm gesucht."

„Nach wem haben Sie denn Ausschau gehalten?" fragte Connor, ohne sich um den warnenden Blick zu kümmern, den Marks ihm zuwarf.

„Doch nach niemandem anders als nach Len O'Shea."

Connor lachte laut. "Sie suchen nach einem gesunden Mann, aber da irren Sie sich. Ich habe Ihnen früher nicht gesagt, warum Sie ihn nicht finden. Nämlich deshalb, weil er verrückt ist. Sie wußten das nicht, aber Marks weiß es auch. O'Shea war vor zehn Jahren wahnsinnig. Ich möchte bloß wissen, was er jetzt treibt. Der Kerl ist ebenso verschlagen und schlau, wie es nun einmal Verrückte sind. Fragen Sie Marks."

Davon hatte Hallick noch nichts gehört. Er sah Marks fragend an, aber der lächelte nur.

„Ich fürchte, Connor hat recht", gab er liebenswürdig zu. „O'Shea ist so klug, weil er nicht ganz bei Verstand ist. Selbst in Dartmoor erfahren wir manchmal etwas Neues, Mr. Halliek, und es geht das Gerücht, daß vor ein paar Jahren drei Beamte von Scotland Yard spurlos verschwanden. Und Sie werden ja schließlich kein Staatsgeheimnis verraten, wenn Sie mir bestätigen, daß diese drei O'Shea verhaften sollten."

Er sah, daß sich Hallicks Gesichtsausdruck änderte, und lachte.

„Man erzählt sich auch", fuhr er fort, „daß sie England verlassen hätten und später von Paris aus ihre Entlassungsgesuche nach Scotland Yard, schickten. Aber es ist Ihnen vielleicht nicht unbekannt, daß O'Shea jede Handschrift nachmachen kann, und ich sage Ihnen nur, daß die England überhaupt nicht verlassen haben."

Halliek wurde blaß.

„Wenn ich denken müßte –" begann er.

„Die sind gar nicht aus England herausgekommen", erklärte Marks rücksichtslos. „Sie suchten O'Shea – und der hat sie eher erkannt als sie ihn."

„Wollen Sie damit sagen, daß sie tot sind?"

Marks nickte langsam.

„Zweiundzwanzig Stunden am Tag ist er vernünftig wie alle anderen Leute, aber zwei Stunden ..." Er zuckte die Schultern. „Mr. Hallick, Ihre Beamten müssen O'Shea in einem unglücklichen Augenblick begegnet sein."

„Wenn ich ihn treffe –" mischte sich Connor ein, aber Marks drehte sich schnell nach ihm um.

„Wenn du ihm begegnest, dann mußt du dran glauben", sagte er ärgerlich. „Wenn ich ihn aber sehen sollte –" Sein Gesicht verzerrte sich so sehr, daß Hallick erschrak.

„Was dann?" fragte der Inspektor. „Wo wollen Sie ihn denn suchen?"

Marks hob den Arm, und seine Finger krallten sich ineinander, als ob sie einem unsichtbaren Feind die Kehle zudrückten.

„Ich weiß, wo ich ihn finden kann!"

5

Es war ein herrlicher Frühlingsmorgen.

Mr. Goodman war nicht zur Stadt gefahren, obwohl er es eigentlich vorhatte. Gewöhnlich fuhr er zwei- oder dreimal im Monat nach London in sein Büro. Miss Veronika Elvery wälzte ein dickes, Lexikon, denn sie war gerade dabei, ein Gedicht zu verfertigen, wozu ihr die nötigen Reime fehlten.

Mr. Goodman war im Sofa über seiner Zeitung eingenickt. Kaum ein Geräusch unterbrach die Stille; nur Veronikas Feder kratzte auf dem Papier, und die alte Großvateruhr tickte monoton.

Ein großer gewölbter Raum bildete die Eingangshalle des Herrenhauses. Früher einmal diente er als Vorraum zum Refektorium. Die Inschriften, die die Mönche in die Steinwände eingehauen hatten, waren noch hinter der Täfelung verborgen.

Durch das offene Fenster konnte man auf den herrlichen Park mit seinen Büschen und Baumgruppen hinaussehen, in dem die Ruine der alten Abtei lag, zu der so viele Neugierige gepilgert waren.

Mr. Goodman hörte nicht auf das Gezwitscher der Vögel, wohl aber Miss Veronika. Sie war in gehobener Stimmung, wie es eine Dichterin ja sein soll. Plötzlich wandte sie sich um.

„Mr. Goodman!“ sagte sie sanft.

Als er nicht antwortete, rief sie ein zweites Mal, etwas lauter.

„ja, was gibt's?“ fragte er und richtete sich auf.

„Welches Wort reimt sich auf hochmütig?“

Mr. Goodman überlegte, dann fuhr er nachdenklich mit der Hand über die Stirn.

„Kaltblütig.“

Miss Elvery schüttelte verzweifelt den Kopf. „Nein, das hilft mir nicht, das ist ein häßliches Wort."

„Aber was machen Sie denn da?"

Sie gestand ihm, daß sie dichtete.

„Um Himmels willen! Das ist ja das größte Verbrechen, wenn man an einem so herrlichen Frühlingsmorgen auch noch Gedichte schreiben will. Das ist so entsetzlich, als wenn man vor dem Mittagessen anfängt, Whisky zu trinken. Wen dichten Sie denn eigentlich an?"

Sie lächelte ihm bedeutungsvoll zu.

„Sie werden mir böse sein, wenn ich es Ihnen sage."

Er nahm den halb vollgeschriebenen Bogen.

„Ach, es ist jemand, den Sie auch kennen!"

Mr. Goodman runzelte die Stirn.

„Sie fragten doch eben, was sich auf hochmütig reimt. Wer in aller Welt ist denn hochmütig?"

Veronika warf den Kopf zurück, wie immer, wenn sie sich angegriffen fühlte.

„Sind Sie nicht auch davon überzeugt, daß sie hochmütig ist? Bedenken Sie doch, ihr Vater führt hier eine Pension. Da hat sie keinen Grund, so zu tun, als ob sie eine Gräfin sei."

„Ach, Sie meinen Miss Redmayne?" fragte er ruhig und legte den Bogen wieder auf den Tisch. „Sie ist wirklich ein sehr nettes Mädchen. Sie sagen, hier sei eine Pension? Nun gut, ich bin der erste Pensionär, den ihr Vater ins Haus genommen hat, aber ich habe dieses Herrenhaus nie als eine gewöhnliche Pension betrachtet."

Es folgte eine kurze Pause.

„Mr. Goodman, sind Sie böse, wenn ich Ihnen etwas sage?“

„Nun, bis jetzt habe ich noch nichts dagegen“, entgegnete er lächelnd.

„Ich glaube, ich habe eine romantische Veranlagung. Ich sehe irgendein Geheimnis in allen möglichen Dingen. Auch Sie kommen mir geheimnisvoll vor.“ Als er sie bestürzt ansah, fügte sie hinzu: „Ich meine damit nicht, daß Sie düster und schrecklich aussehen.“

Er schien etwas erleichtert.

„Aber Colonel Redmayne ist wirklich ein düsterer, verschlossener Charakter“, erklärte sie mit Nachdruck.

„Mir ist er niemals so vorgekommen“, entgegnete Mr. Goodman langsam.

„Aber ich habe doch recht“, beharrte sie. „Warum hat er denn dieses Haus gekauft, das so weit von allen anderen menschlichen Behausungen entfernt liegt? Und warum hat er hier eine Pension aufgemacht?“

„Wahrscheinlich, um Geld zu verdienen.“

Sie sah ihn triumphierend an und schüttelte den Kopf.

„Nein, er verdient gar nichts. Meine Mutter sagte noch heute morgen, daß er hier eine Menge Geld zusetzen muß. Monkshall ist ein sehr schön gelegener Herrensitz, aber man erzählt sich so seine Geschichten. Sie wissen doch, daß hier Geister umgehen?“

Mr. Goodman lächelte gutmütig. Die Geschichte war ihm schon früher erzählt worden.

„Ich habe hier Dinge gehört und auch Dinge gesehen –“ Miss Veronika senkte die Stimme zu einem Flüstern. „Meine Mutter sagt immer, daß hier früher einmal ein fürchterliches Verbrechen geschehen sein muß, und das ist auch meine Ansicht.“

Mr. Goodman äußerte, daß ihre Mutter vielleicht zuviel Mord- und Kriminalgeschichten läse. Das stimmte auch, denn Mrs. Elvery las alle Zeitungsberichte über Verbrechen und Verbrecher.

„Ja, sie liest gern einen guten Kriminalroman", pflichtete Veronika bei. „Voriges Jahr mußten wir unsere Reise nach der Schweiz aufgeben, weil damals gerade der sensationelle Mordfall an dem Radfahrer verhandelt wurde. – Glauben Sie, daß Colonel Redmayne einen Mord begangen haben könnte?"

„Es ist nicht recht, daß Sie so etwas sagen", erwiderte Mr. Goodman.

„Warum ist er dann so nervös? Und warum fürchtet er sich? Ständig lehnt er neue Gäste ab. Gestern kam so ein netter junger Herr, aber den wollte er nicht haben."

„Nun, morgen kommt ein neuer Gast", erklärte Goodman, der seine Zeitung wieder aufnahm.

„Das ist doch nur ein Pfarrer", entgegnete Veronika verächtlich. „Jedermann weiß, daß Pfarrer kein Geld haben."

Goodman lachte.

„Der Colonel könnte schon Geld verdienen, aber er will es ja nicht." In vertraulichem Ton fügte sie hinzu:. „Ich will Ihnen auch noch mehr verraten. Meine Mutter kannte Colonel Redmayne, bevor er Monkshall kaufte. Er hatte damals keinen Pfennig Geld. Wie kam er denn dazu, dieses Haus zu kaufen?"

Mr. Goodman sah sie strahlend an.

„Zufällig weiß ich das ganz genau. Er hat damals eine große Erbschaft gemacht."

Veronika war enttäuscht und gab sich auch keine Mühe, ihre Gefühle zu verbergen. Sie kam nicht dazu, etwas zu entgegnen, denn ihre Mutter trat gerade ins Zimmer.

Mrs. Elvery war eine etwas füllige, aber imposante Erscheinung. Sie ging direkt zu dem Sofa, auf dem Mr. Goodman seine Zeitung las.

„Haben Sie vorige Nacht etwas gehört?“ fragte sie mit erhobener Stimme.

Er nickte.

„Im Zimmer nebenan hat jemand geschnarcht wie der Teufel“, begann er.

„Mr. Goodman, Sie wissen, daß ich das Zimmer neben Ihnen habe“, erwiderte sie eisig. „Haben Sie einen Schrei gehört?“

„Einen Schrei?“ fragte er entsetzt.

„Und ich habe auch das Orgelspiel vorige Nacht wieder gehört.“

Goodman seufzte.

„Glücklicherweise bin ich ein wenig taub. Ich habe vorige Nacht weder Orgelspiel noch Schreie gehört. Das einzige, was ich deutlich und auch gern höre, ist der Gong, der zum Essen ruft.“

„Es gibt hier ein Geheimnis“, behauptete Mrs. Elvery. „Das habe ich gleich am ersten Tag gemerkt, als ich herkam. Zuerst wollte ich nur eine Woche bleiben, aber jetzt bleibe ich, bis dieses Geheimnis enthüllt ist.“

Mr. Goodman lächelte gutmütig.

„Dann wollen Sie also für immer hierbleiben, Mrs. Elvery?“

„Diese Stimmung hier, diese düstere Atmosphäre erinnert mich an die Abtei Pangleton, wo John Roehampton seinen drei Nichten die

Kehlen durchschnitt“, erklärte sie mit großer Genugtuung. „Und dabei waren die Nichten erst neunzehn, zweiundzwanzig und vierundzwanzig Jahre alt. Später wurde er im Gefängnis von Exeter hingerichtet. Er mußte zum Schafott getragen werden, und vor seinem Tod hat er ein volles Geständnis abgelegt.“

In diesem Augenblick trat Colonel Redmayne ins Zimmer. Er war etwa fünfundfünfzig Jahre alt und wirkte ziemlich nervös und zerstreut. Seine Kleidung ließ zu wünschen übrig und machte einen etwas vernachlässigten Eindruck.

Redmayne sah von einem zum anderen.

„Guten Morgen – ist etwas nicht in Ordnung?“

„Ach, es geht mir verhältnismäßig gut“, erwiderte Goodman lächelnd und hoffte, daß sich Mrs. Elvery über ein anderes Thema unterhalten würde, aber sie ließ sich nicht so leicht davon abbringen.

„Colonel, haben Sie in der vergangenen Nacht etwas gehört?“

„Was soll ich gehört haben? Was gibt es denn hier nachts zu hören?“

Sie zählte geschäftig die grausigen Ereignisse der vergangenen Nacht auf.

„Zunächst hat die Orgel wieder gespielt, dann hörten wir einen Schrei, der uns durch Mark und Bein ging. Er kam aus der Tiefe direkt aus der Gegend des Mönchsgrabes.“

Sie wartete erregt, aber Redmayne schüttelte den Kopf.

„Nein, ich habe nichts gehört. Ich habe geschlafen“, sagte er mit leiser Stimme.

Veronika mischte sich in die Unterhaltung.

„Das kann aber nicht stimmen. Ich sah, daß Licht in Ihrem Zimmer brannte, lange nachdem meine Mutter und ich diesen entsetzlichen Schrei hörten. Ich kann nämlich von meinem Fenster Ihr Zimmer sehen."

Er sah sie düster an. „So, können Sie das? Ich bin gestern abend eingeschlafen, während das Licht noch brannte. Hat jemand von Ihnen meine Tochter gesehen?"

Goodman zeigte in den Park hinaus.

„Ich sah sie vor einer halben Stunde."

Colonel Redmayne verließ, ohne ein weiteres Wort zu verlieren, das Zimmer und ging durch den Park.

„Und ich bleibe dabei, daß es hier ein großes Geheimnis gibt", behauptete Mrs. Elvery und holte tief Luft. „Der Mann ist wahnsinnig. Mr. Goodman, kennen Sie den netten jungen Mann, der gestern morgen hierherkam? Er wollte ein Zimmer haben, und als ich den Colonel fragte, warum er. dem jungen Mann seine Bitte abgeschlagen habe, wurde er ganz wütend und böse auf mich! Dann sagte er, das sei kein Mann, wie er ihn als Gast in seinem Hause wünsche. Der junge Mann habe sich erdreistet, die Bekanntschaft seiner Tochter zu machen, und Trunkenbolde wolle er nicht unter seinem Dach haben."

„Also, mit anderen Worten", entgegnete Mr. Goodman trocken, „der Colonel hat sich über den jungen Mann geärgert. Aber Sie müssen ihn nicht zu ernst nehmen, er ist heute morgen ein wenig nervös."

Goodman nahm eine andere Zeitung und blätterte sie durch.

„Dann die Überheblichkeit, mit der er jeden behandelt", fuhr Mrs. Elvery fort. „Seine Tochter ist auch ziemlich eingebildet, das können

Sie nicht bestreiten, Mr. Goodman. Es mag ja recht undankbar klingen, aber sie ist – wie soll ich doch gleich sagen –"

„Direkt anmaßend", ergänzte Veronika.

„Ja, sie glaubt Wunders, wer sie ist", stimmte ihre Mutter bei. „Und ihr Benehmen ist auch nicht sehr vornehm. Ich erzählte ihr neulich die Geschichte von der Ermordung der jungen Witwe in der Grange Road in London. Sie wissen doch noch: Der Liebhaber brachte die Frau durch Gift um, nur um die Versicherungssumme zu bekommen. Es war ein sensationeller Fall. Aber da hat sie mir einfach den Rücken gekehrt und gesagt, daß sie sich für solche Schauergeschichten nicht interessiere."

Der Butler Cotton trat ins Zimmer und brachte die Post. Er war ein düster dreinblickender Mann, der nur selten sprach. Als er gerade wieder gehen wollte, rief Mrs. Elvery ihn zurück.

„Haben Sie in der vergangenen Nacht den Lärm gehört, Cotton?"

Er drehte sich mißvergnügt um.

„Nein, ich habe am Tag sehr viel zu tun, deshalb habe ich einen festen Schlaf. Nur ein Kanonenschuß könnte mich aufwecken."

„Haben Sie das Orgelspiel auch nicht gehört?" fragte sie hartnäckig weiter.

„Nein, ich höre überhaupt nichts, wenn ich schlafe."

„Der Mann scheint nicht sehr intelligent zu sein", sägte Mrs. Elvery verzweifelt, als der Butler gegangen war.

6

Mary Redmayne ging an jenem Morgen ins Dorf, um auf der Post Briefmarken zu kaufen. Sie sah den jungen Mann im Sportanzug kaum an, der auf der Bank vor dem Roten Löwen saß, aber sie wußte wohl, daß er zugegen war. Die verschiedensten Geschichten hatte sie schon über ihn gehört.

Zuerst hatte er ihr leid getan, aber jetzt war er ihrer Meinung nach rettungslos verloren. Außerdem war sie böse auf ihn, weil er ihren Vater geärgert hatte. Mr. Fane hatte tatsächlich die Kühnheit besessen, bei dem Colonel um ein Zimmer in Monkshall anzufragen.

Als sie aus dem Dorf zurückkam und in den kleinen. Weg einbog, der nach dem Park von Monkshall führte, saß er auf einem Drehkreuz und versperrte ihr den Weg. Er rauchte eine Zigarette und sah melancholisch durch seine große Hornbrille ins Leere.

Einen Augenblick blieb sie stehen und hoffte, daß er sie nicht gesehen hätte. Dann zögerte sie und überlegte, ob sie nicht einen Umweg machen sollte. Aber er erhob sich bereits nachlässig und nahm seine Mütze ab.

„Bitte sehr!"

Mit einem freundlichen Lächeln sah er sie an, aber sie ärgerte sich über ihn.

„Wenn ich Sie nach Hause begleiten sollte, würde Ihr Vater dann nach mir schießen oder die Hunde auf mich hetzen?"

Sie sah ihm gerade ins Gesicht.

„Soviel ich weiß, sind Sie Mr. Fane?"

Er verneigte sich ein wenig übertrieben, und ihr stieg das Blut in die Wangen, weil sie sich über seine Unverschämtheit ärgerte.

„Unter diesen Umständen, Mr. Fane, zeugt es nicht von gutem Geschmack, daß Sie eine Unterhaltung mit mir anknüpfen."

„Ihrer Meinung nach mag das nicht schicklich sein; aber warum soll man einer schönen jungen Dame nicht sagen, daß sie vorzüglich aussieht. Haben Sie schon bemerkt, wie wenig schöne Menschen es auf der Welt gibt? Ich stand einmal an einer Straßenecke ...“

„Ja, und jetzt stehen Sie mir im Weg“, unterbrach sie ihn heftig.

Sie war nicht in der besten Stimmung, denn die Erlebnisse in dem alten Haus hatten sie nervös gemacht, und gerade die letzte Nacht war schrecklich für sie gewesen. Sie hatte nicht schlafen können und überall Geräusche und auch dieses geheimnisvolle leise Orgelspiel gehört. Vor allem aber hatte sie etwas gesehen, was ihre Angst noch viel mehr gesteigert hatte: Eine Gestalt war über den Rasen unter ihrem Fenster geeilt und wieder verschwunden.

Mr. Fane sah sie scharf an, und sie ärgerte sich um so mehr, als er nicht sicher auf den Füßen zu stehen schien.

„Hat Ihr Vater Sie gern?“ fragte er in liebenswürdigem Ton.

Sie war über seine Worte so verwundert, daß sie zuerst nicht antworten konnte.

„Wenn er Sie gern hat, kann er Ihnen nichts abschlagen, meine liebe Miss Redmayne. Wie wäre es, wenn Sie ihm sagten: ›Ich kenne einen jungen Mann, der ein Quartier in Monkshall sucht –‹“

„Lassen Sie mich bitte vorbeigehen“, sagte sie, zitternd vor Aufregung.

Er trat höflich beiseite. Sie ging durch das Drehkreuz und entfernte sich rasch. Erst als sie den halben Weg zum Hause zurückgelegt hatte, schaute sie sich einmal um lind entdeckte empört, daß er ihr folgte. In respektvoller Entfernung allerdings, aber immerhin war er ihr nachgegangen.

*

Kurz nachdem Mrs. Elvery und Mr. Goodman zum Golfplatz gegangen waren, erschien auf dem Rasen vor dem Hause ein Mann.

Er sah ziemlich grobschlächtig aus und hatte eine Lederschürze umgebunden. Unter dem Arm trug er eine Anzahl beschädigter Schirme. Nachdem er sich heimlich umgesehen hatte, ging er über den Rasen und stand gleich darauf in der offenen Haustür, von wo er Cotton beobachtete. Der Butler räumte das Schreibzeug weg, das Veronika hatte stehenlassen. Als er den Mann bemerkte, fragte er barsch:

„Was wollen Sie denn hier?"

„Haben Sie irgendwelche Schirme auszubessern oder Rohrstühle zu flechten?" fragte der Fremde mechanisch.

Cotton wies ihn hinaus. „Machen Sie, daß Sie fortkommen! Wer hat Sie denn überhaupt hereingelassen?"

„Der Wärter unten am Parktor sagte, daß Sie hier etwas auszubessern hätten", brummte der andere.

„Dann gehen Sie zum hinteren Eingang. Sie wissen doch, wo die Küche ist. Machen Sie, daß Sie von hier vorn verschwinden!"

Aber der Mann rührte sich nicht.

„Wer wohnt denn hier?"

„Colonel Redmayne, wenn Sie es durchaus wissen müssen. Die Küche ist dort hinten um die Ecke. Erzählen Sie mir hier weiter keine Geschichten und scheren Sie sich fort."

Der Mann mit der Lederschürze sah sich befriedigt im Zimmer um.

„Alles nett und schön eingerichtet."

Cotton wurde rot vor Ärger.

„Können Sie nicht verstehen, wenn ich Ihnen sage, daß Sie sich fortscheren sollen? Die Küchentür ist dort um die Ecke!"

Der Mann in der Schürze kümmerte sich nicht um Cottons Worte und trat weiter ins Zimmer.

„Wie lange wohnt er denn schon hier – ich meine Mr. Redmayne?"

„Zehn Jahre", sagte der Butler außer sich. „Ist das alles, was Sie wissen wollen? Wenn Sie jetzt nicht bald verduften, setzt es noch eine Tracht Prügel!"

„Zehn Jahre", wiederholte der Mann und nickte. „Ich möchte diesen Colonel zu gern einmal sehen."

„Ich werde Ihnen eine Empfehlung an ihn mitgeben", entgegnete Cotton ironisch. „Solche Herumtreiber wie Sie schätzt er sehr!"

In diesem Augenblick trat Mary atemlos ins Zimmer.

„Schicken Sie den jungen Mann fort", sagte sie erregt und zeigte auf Ferdie, der hinter ihr herkam. Sie hatte den Mann mit der Lederschürze noch nicht bemerkt.

„Was für einen jungen Mann, Miss Mary?" fragte Cotton und trat ans Fenster. „Ach, das ist ja der Herr, der gestern kam. Er war recht liebenswürdig."

„Das ist mir ganz gleich", erwiderte sie und stampfte mit dem Fuß auf. „Sie sollen ihn fortschicken!"

„Kann ich Ihnen irgendwie behilflich sein?"

Erstaunt betrachtete sie den Mann, mit der Lederschürze, der sie angesprochen hatte. „Nein, das können Sie nicht!" rief Cotton.

„Wer sind Sie denn?" fragte Mary.

„Ich repariere alte Schirme und Stühle." Er sah sie nachdenklich an, aber sein Blick erschreckte sie.

„Er kam unaufgefordert in dieses Zimmer, und ich sagte, daß er zur Küche gehen solle“, erklärte Cotton. „Wenn Sie nicht gekommen wären, hätte ich ihn hinausgeworfen.“

„Es ist mir ganz gleich, wer er ist, aber er soll Ihnen helfen, diesen niederträchtigen jungen Mann fortzuschicken“, sagte Mary verzweifelt. „Er –“

Plötzlich schwieg sie, denn Fane stand am offenen Fenster und sah sie von dort aus ruhig an.

„Guten Tag allerseits. Wie geht's?“

„Wie dürfen Sie es wagen, mir hierher zu folgen“, rief sie außer sich und stampfte wieder wütend mit dem Fuß auf den Boden. Aber er ließ sich dadurch nicht im mindesten stören.“

„Sie sagten mir, ich solle Ihnen aus dem Weg, gehen, deshalb folgte ich Ihnen. Das ist doch vollkommen klar.“

Es wäre nun am besten für sie gewesen, wenn sie das Zimmer schweigend verlassen hätte, aber er reizte sie so sehr zum Widerspruch, daß sie blieb.

„Verstehen Sie denn nicht, daß mein Vater und ich Sie nicht hier sehen wollen? Es liegt uns nichts daran, Ihre Bekanntschaft zu machen.“

„Sie kennen mich nicht“, erwiderte er verletzt, „und Sie wissen nicht einmal, daß ich mit Vornamen Ferdie heiße.“

„Sie haben sich mir aufgedrängt, obwohl ich Ihnen klar und deutlich gesagt habe, daß ich nichts mit Ihnen zu tun haben will –“

„Ich will aber hier im Hause bleiben“, unterbrach er sie. „Warum sollte ich das auch nicht?“

„Sie brauchen kein Zimmer hier, Sie haben eins im Roten Löwen, und dorthin gehören Sie auch!“

Der Mann mit der Lederschürze mischte sich wieder ein.

„Aber nun hören Sie doch", sagte er. „Die Dame wünscht nicht, daß Sie bleiben, also gehen Sie."

Fane kümmerte sich nicht um ihn.

„Ich gehe nicht in den Roten Löwen zurück", erklärte er ungerührt. „Das Bier schmeckt mir dort nicht. Ich durchschaue die ganze Geschichte."

Eine Hand legte sich auf seine Schulter.

„Wollen Sie jetzt ruhig sein und fortgehen?" sagte der Mann mit der Lederschürze.

Mr. Fane drehte sich um. „Unterstehen Sie sich! Ich warne Sie, in Gegenwart einer jungen Dame –"

„Also machen Sie hier keine langen Redensarten, und gehen Sie."

Fane packte den anderen plötzlich am Handgelenk und warf den großen, kräftigen Mann mit einer kurzen Bewegung zu Boden.

„Das ist Jiu-Jitsu", sagte Fane lächelnd.

Er hörte einen ärgerlichen Ausruf, und als er sich umwandte, stand er Colonel Redmayne gegenüber.

„Was hat das alles zu bedeuten?"

Aufgeregt setzte ihn seine Tochter von dem Vorgefallenen in Kenntnis.

„Bringen Sie den Mann in die Küche", wandte er sich an Cotton. Als die beiden gegangen waren, fragte er Fane: „Nun, was wollen Sie?"

Colonel Redmayne sprach ruhig und liebenswürdiger, als Mary erwartet hatte.

„Ich möchte ein Zimmer bei Ihnen haben“, entgegnete Fane kühl.

Mit Mühe hielt sich der Colonel zurück, um nicht ausfallend zu werden.

„Ich sagte Ihnen doch schon, daß Sie nicht hier wohnen können. Das habe ich Ihnen bereits gestern erklärt. Ich habe kein Zimmer für Sie, und ich will auch nicht, daß Sie in meinem Haus wohnen.“

Der Colonel wies mit einer Kopfbewegung zur Tür, und Mary verließ das Zimmer schnell.

Redmayne wurde wütend.

„Glauben Sie denn, daß Sie sich einfach ins Haus drängen können? Sie sind doch ein abscheulich betrunkener Kerl, ohne Anstand und ohne das geringste Taktgefühl: Sie scheinen mit Ihrem Geld nichts Besseres anfangen zu können, als sich von morgens bis abends zu betrinken.“

„Ich dachte, Sie würden mir trotzdem ein Zimmer geben“, erklärte Ferdie, ohne sich einschüchtern zu lassen.

Redmayne drückte auf die Klingel, und gleich darauf erschien Cotton im Zimmer.

„Zeigen Sie diesem Herrn den Weg ins Freie, und begleiten Sie ihn aus dem Park hinaus.“

Es schien zuerst, als ob Fane Schwierigkeiten machen wollte, und der Colonel atmete erleichtert auf, als der junge Mann dann doch gehorchte und die Begleitung des Butlers ablehnte.

Fane hatte das Haus gerade verlassen, als der Mann mit der Lederschürze aus den Büschen trat und ihm den Weg versperrte. Ein paar Sekunden standen sich die beiden gegenüber und betrachteten sich schweigend.

„Ich kenne nur einen, der mich mit dem kurzen Griff so zu Boden schleudern könnte, und ich wollte Sie mir doch noch einmal genauer ansehen."

Ferdie Fane verzog keine Miene, und der andere trat zurück.

„Sie sind es wirklich! Seit zehn Jahren habe ich Sie nicht gesehen, und ich hätte Sie auch nicht wiedererkannt, wenn Sie mich nicht so an der Hand gepackt hätten", sagte er und atmete schwer.

„Ja, ich spiele meine Rolle gut." Ferdie Fane schien, vollkommen nüchtern zu sein. Seine Stimme klang stahlhart. „Sie haben viel mehr gesehen, als Sie sehen sollten, Mr. Connor!"

„Ich fürchte mich nicht vor Ihnen", erwiderte Connor düster. „Versuchen. Sie ja nicht, mich hier fortzujagen. Sie arbeiten wieder mit Ihrem alten Trick. Sie spielen hier einen betrunkenen jungen Mann!"

„Connor, ich gebe Ihnen jetzt eine Gelegenheit, wie sie sich Ihnen im Leben nicht wieder bietet", entgegnete Fane mit Nachdruck. „Ich rate Ihnen, entfernen Sie sich so schnell wie möglich aus diesem Haus. Sind Sie heute abend noch hier, dann sind Sie ein toter Mann!"

Keiner von beiden sah Mary Redmayne, die oben aus dem Fenster schaute und die Unterredung angehört hatte.

7

Mrs. Elvery sagte von sich selbst, daß sie alles genau beobachtete, und die Dienstboten beschwerten sich darüber, daß sie ihnen nachspionierte. Vor allem konnte der Butler Cotton sie nicht leiden, und er hatte auch besonderen Grund, sich zu beklagen; sie überraschte ihn nämlich an jenem Nachmittag mit dem Mann mit der Lederschürze in vertrauter Unterhaltung. Dieser hatte ihm eine

Geschichte von einem ungeheuren Schatz erzählt, der in den gewölbten Kellern des Herrenhauses verborgen liegen sollte.

Sofort ging sie zu Colonel Redmayne und berichtete ihm alles. Zuerst war er bestürzt, aber nachher kümmerte er sich wenig um die Sache. Er hatte die Gewohnheit, sich in sein Arbeitszimmer zurückzuziehen und sich dort einzuschließen. In einem kleinen Wandschrank verwahrte er stets eine Flasche und zwei Gläser. Das war sehr bequem für Redmayne, denn er konnte sie verstecken, wenn jemand an die Tür klopfte.

Mrs. Elvery war ihm unsympathisch, deshalb hörte er auch kaum hin, als sie ihre Geschichte erzählte.

„Der Colonel ist ein grober, ungehobelter Bär", sagte sie später zu ihrer Tochter, zog aufgeregt den Vorhang vom Fenster zurück und sah in den dunklen Park hinaus. „Ich bin sicher, daß wir heute abend hier noch irgend etwas Unheimliches erleben. Das habe ich auch Mr. Goodman gesagt, aber der wollte nichts davon hören!"

„Ich wünschte nur, du würdest das lassen", erwiderte Veronika. „Du machst mich selbst ganz nervös."

Mrs. Elvery sah in den Spiegel und ordnete ihre Haare.

„Ich habe das Gespenst schon zweimal gesehen", erklärte sie selbstzufrieden. Veronika schauderte.

Eine Weile schwieg ihre Mutter, aber dann wandte sie sich plötzlich um und hob die Hand.

„Dieser Cotton kommt mir jetzt ganz verdächtig vor. Wenn der wirklich ein Butler ist – ich weiß nicht recht!"

Veronika starrte sie bestürzt an.

„Um Himmels willen, Mutter, was meinst du denn?"

„Er ist den ganzen Tag hier herumgeschlichen. Ich habe ihn abgefaßt, als er die Kellertreppe heraufkam. Als er mich sah, erschrak er so sehr, daß er nicht wußte, was er anfangen sollte."

Für eine kleine Weile herrschte Schweigen, dann fragte Veronika: „Was hast du denn wirklich gesehen, Mutter, als du neulich nachts so furchtbar aufschriest?"

„Ich sah eine Gestalt, die über den Rasen lief und mit den Händen in der Luft herumfuchtelte – es war entsetzlich!"

„Was für eine Gestalt?" fragte Veronika schwach.

Mrs. Elvery wandte sich in ihrem Sessel um.

„Einen Mönch! Er hatte eine schwarze Kutte an, und sein Gesicht war unter einer großen Kapuze verborgen."

An jenem Abend war es stürmisch und regnerisch, und der Wind rüttelte an den Fensterläden.

„Es ist hier oben unheimlich, wir wollen nach unten gehen."

Als sie in die große Halle kamen, fanden sie Mr. Goodman allein dort. Er seufzte, als er die beiden kommen sah, hoffte aber, daß sie es nicht gehört hatten.

„Mr. Goodman, hat Ihnen meine Mutter schon gesagt, was sie unten im Park gesehen hat?"

Er sah sie über die Brille hinweg an. Diese Unterhaltung war ihm unbehaglich.

„Wenn Sie schon wieder anfangen von Gespenstern zu reden –"

„Nein, es handelt sich diesmal um Mönche!" erwiderte Veronika mit tonloser Stimme.

„Es handelt sich nur um diesen einen Mönch“, verbesserte Mrs. Elvery ihre Tochter. „Ich habe nie behauptet, daß ich mehr als einen gesehen habe.“

Goodman runzelte die Stirn.

„Einen Mönch?“ fragte er und lachte leise. Dann erhob er sich von dem Sofa, auf dem er gewöhnlich saß, ging quer durch die Halle und klopfte an die Wandtäfelung. „Wenn es ein Mönch war, dann müßte er durch diese Tür gekommen sein.“

Mrs. Elvery starrte ihn mit offenem Mund an.

„Welche Tür?“ fragte sie aufgeregt.

„Dies ist die Mönchstür“, erklärte Mr. Goodman mit Genugtuung. „Die Eichentäfelung stammt noch aus der Zeit, als dies ein Mönchskloster war.“

Mrs. Elvery nahm ihr Lorgnon und sah neugierig zur Wand hinüber. Sie entdeckte jetzt auch, daß dieser Teil der Täfelung tatsächlich eine Tür sein mußte. Die Holzverkleidung war glattgescheuert und heller als an den übrigen Stellen.

„Auf diesem Weg kamen die alten Mönche in die Halle. Es geht ein Gerücht um, daß dieser Gang zu einer unterirdischen Kapelle führt, die bis zur Reformation noch in Gebrauch war. Diese Halle bildete den Vorraum zum Refektorium, dem Speisesaal des Klosters. Die ganze Anlage ist später natürlich geändert worden, und wahrscheinlich hat man den Gang zur unterirdischen Mönchskapelle zugemauert. Nach alten Berichten pflegten die Mönche die Kapelle jeden Tag zu besuchen, und sie gingen in geschlossenem Zug zu zweien dorthin. Die unterirdische Kapelle oder Krypta war eine Grabkirche, und der Besuch sollte sie an die Vergänglichkeit alles Irdischen erinnern.“

Veronika atmete schwer.

„Wenn irgendwo eine Kapelle existierte“, sagte Mrs. Elvery mit leuchtenden Augen, „so würde das auch erklären, daß man. immer Orgelspiel hört.“

Goodman schüttelte den Kopf.

„Nein, das ist alles nur Einbildung. Wenn man gut gegessen hat, träumt man unruhig. Das ist meiner Meinung nach die einzige Erklärung.“

Dann wechselte er das Thema. „Sie haben mir doch erzählt, daß der junge Mr. Fane herkommt?“

„Das stimmt nicht. Er ist zwar sehr interessant, aber deshalb nehmen sie ihn ja nicht auf. Sie wollen nur alte, uninteressante Vogelscheuchen haben.“ Plötzlich fiel ihr ein, daß sie das nicht sagen durfte, und sie fügte schnell hinzu: „Damit meine ich natürlich nicht Sie, Mr. Goodman.“

Sie hörte, wie die Tür geöffnet wurde, und schaute sich um. Mary Redmayne kam herein.

„Wir haben eben über Mr. Fane gesprochen“, sagte Mrs. Elvery.

„So?“ fragte Mary ein wenig kühl. „Es ist ja wohl nicht viel Interessantes über ihn zu erzählen.“

Das Gespräch schleppte sich noch eine Weile hin, bis sich die Gäste schließlich gute Nacht wünschten und sich zurückzogen.

Der Colonel hatte sich nicht sehen lassen. Er saß in seinem Studierzimmer. Mary wartete, bis der letzte Gast gegangen war, dann klopfte sie bei ihm an. Von draußen konnte sie hören, daß er den kleinen Schrank schloß, bevor er öffnete.

„Guten Abend, mein Liebling“, sagte er mit unsicherer Stimme.

„Ich möchte mit dir sprechen, Vater.“

Er machte eine müde, abwehrende Bewegung.

„Ich wünschte, du würdest mich heute abend in Ruhe lassen. Ich bin so nervös."

Sie schloß die Tür, ging auf ihn zu und legte eine Hand auf seine Schulter.

„Vater, können wir nicht von hier fortziehen? Es wäre doch am besten, wenn wir dies entsetzliche Haus verkauften."

Er hielt den Blick gesenkt und sagte, er könnte wohl verstehen, daß sie sich hier langweile.

„Nein, das meine ich nicht. Es ist hier nicht langweiliger als in der Schule. Aber es ist unheimlich. Irgend etwas stimmt hier nicht. Ich fürchte mich hier im Haus!"

Er konnte sie nicht ansehen. „Ich verstehe nicht recht, wie du das meinst."

„Aber Vater, es geht hier etwas Furchtbares vor. Du weißt das sehr gut. Nein, glaube nur nicht, daß ich nervös bin und mir etwas einbilde. Ich habe es vorige Nacht selbst gehört – zuerst Orgelspiel, dann einen entsetzlichen Schrei!" Sie bedeckte ihr Gesicht mit beiden Händen. „Ich kann es nicht länger ertragen! Dann sah ich eine Gestalt, die über den Rasen lief. Es war grauenvoll. Der Mann hatte einen schwarzen Umhang um. Mrs. Elvery hat den Schrei auch gehört. – Aber was ist denn das?" Sie fuhr plötzlich zusammen, wurde bleich und zitterte am ganzen Körper.

„Hörst du es nicht?" flüsterte sie.

„Das ist der Wind", entgegnete er heiser. „Nichts als der Wind."

„Aber höre doch!" Auch er mußte die schwachen Töne einer Orgel vernommen haben. „Hörst du denn immer noch nichts?"

„Nein", sagte er eigensinnig.

Sie bückte sich und lauschte.

„Wirklich nicht?“ fragte sie dann aufs neue. „Ich höre unten Schritte auf dem steinernen Fußboden –“

Plötzlich schrie sie auf, draußen klopfte es laut an die Haustür.

„Jemand ist draußen“, sagte sie leise mit blutleeren Lippen.

Redmayne zog eine Schublade auf und nahm einen Browning heraus, den er in eine Tasche seines Rocks gleiten ließ.

„Geh in dein Zimmer“, sagte er zu seiner Tochter.

Dann trat er hinaus in die dunkle Halle, blieb einen Augenblick stehen und knipste das Licht an. Währenddessen kam Cotton von den Dienstbotenräumen her. Er war vollkommen angekleidet.

„Was ist los?“ fragte Redmayne.

„Es muß jemand an der Tür sein. Soll ich öffnen?“

Eine Sekunde zögerte der Colonel.

„Ja“, erwiderte er dann.

Cotton nahm die Kette von der Tür, drehte den Schlüssel um und riß sie auf. Ein großer Mann stand draußen, er schien ein wenig hin und her zu schwanken.

„Es tut mir leid, daß ich Sie störe“, sagte Ferdie Fane, dessen Mantel vom Regen durchnäßt war. Er trat in die Halle und sah von einem zum andern. „Ich bin der zweite Besucher, der heute abend zu Ihnen ins Haus kommt.“

„Was wünschen Sie?“ fragte Redmayne.

Es war seltsam, daß der Anblick dieses halb betrunkenen Mannes ihm in gewisser Hinsicht Erleichterung verschaffte.

„Sie haben mich aus dem Gasthaus zum Roten Löwen rausgeschmissen.“ Ferdie sah den Colonel mit glasigem Blick an. „Ich möchte hier wohnen.“

„Laß ihn hier, Vater.“

Redmayne drehte sich um. Seine Tochter stand hinter ihm.

„Bitte, laß ihn hier wohnen. Er kann Zimmer Nr. 7 haben.“

Ein Lächeln glitt über Mr. Fanes Züge, und er sah nun bedeutend besser aus als vorher.

„Vielen Dank für die Einladung. Ich nehme sie ohne weiteres an.“

Sie schaute ihn erstaunt an. Der Regen hatte seinen Mantel ganz durchnäßt, das Wasser tropfte auf den Fußboden. Stunden mußte er draußen im stürmischen Wetter zugebracht haben. Wo mochte er nur gewesen sein? Es war auch merkwürdig, daß er so wenig sprach. Cotton brachte ihn nach Zimmer Nr. 7, das in einem entfernten Flügel lag. Marys Zimmer lag über der Eingangshalle. Nachdem sie sich von ihrem Vater verabschiedet hatte, schloß und verriegelte sie ihre Tür, kleidete sich langsam aus und legte sich ins Bett. Sie war zu aufgeregt, um schlafen zu können, und warf sich von einer Seite auf die andere.

Als sie gerade etwas Ruhe hatte finden können, hörte sie ein sonderbares Geräusch und richtete sich im Bett auf. Der Wind heulte um das Haus und trieb den Regen gegen die Fensterscheiben, aber davon war sie nicht aufgewacht. Sie hörte leise Stimmen in dem Zimmer unter ihr. Ihrer Meinung nach mußte es Cotton sein – vielleicht war es aber auch ihr Vater. Sie hatten beide eine tiefe Stimme.

Dann ließen plötzlich grauenvolle Laute das Blut in ihren Adern erstarren. Es war das furchtbare Lachen eines Wahnsinnigen, das von unten heraufklang. Einen Augenblick war sie gelähmt vor

Schrecken, dann sprang sie aus dem Bett, zog ihren Morgenrock an und eilte die Treppe hinunter. Als sie über das Geländer schaute, sah sie unten eine Gestalt in der Eingangshalle.

„Wer ist da?“ fragte sie mit zitternder Stimme.

„Es ist alles in Ordnung, Liebling.“ Es war ihr Vater. Sein Schlafzimmer lag neben dem Arbeitszimmer im Erdgeschoß.

„Hast du etwas gehört?“

„Nein, nichts“, erwiderte er barsch. „Geh zu Bett.“

Aber Mary Redmayne war mutig.

„Ich will nicht zu Bett gehen“, entgegnete sie entschlossen und stieg die Treppe hinab. „Es war jemand unten in der Halle – ich habe gehört, wie er mit einem anderen sprach.“

Sie legte die Hand auf die Türklinke, die zur Halle führte, aber dann nahm er sie am Arm.

„Um Himmels willen, Mary, geh nicht hinein.“

Ungeduldig machte sie sich von ihm frei und riß die Tür auf.

Es war vollkommen dunkel. Mit wenigen Schritten war sie beim Schalter und knipste das Licht an. Zuerst sah sie nichts, aber dann …

Mitten im Zimmer lag ein Mann, der mit weitgeöffneten Augen zur Decke starrte. Er war tot.

Als sie genauer hinschaute, erkannte sie den Fremden mit der Lederschürze, der am Morgen die Auseinandersetzung mit Ferdie Fane gehabt hatte.

8

Chefinspektor Hallick kam im Auto mit einem Fotografen und seinem Assistenten von London. Sowohl er als auch der Polizeiinspektor, in dessen Bereich Monkshall lag, erkannten den Toten sofort.

Connor! Joe Connor, der noch vor einigen Monaten im Gefängnis gesagt hatte, daß er O'Shea bis ans Ende der Welt folgen würde! Und nun lag er hier am Boden mit gebrochenem Genick. Alle Anzeichen sprachen dafür, daß O'Shea der Täter, war. Connor war nicht sein erstes Opfer.

Hallick ließ die Gäste einzeln in die Halle kommen und fragte sie, was sie gehört hätten, dann auch die Dienstboten. Cotton war sehr gesprächig und erzählte viel. Er konnte sich auf den Mann besinnen, sagte aber, er könne sich nicht erklären, wie dieser ins Haus gekommen seil Die Türen waren verschlossen und verriegelt, und keins der Fenster war erbrochen.

Goodman mußte einen guten Schlaf haben, denn er hatte nichts gehört, allerdings wohnte er in einem anderen Flügel des Gebäudes. Mrs. Elvery war aufgeregt und suchte den Polizeibeamten alle möglichen Theorien vorzutragen, die sie sich sofort gebildet hatte, aber sie konnte auch nichts Wichtiges aussagen.

„Fane – wer ist denn nur Fane?“ fragte Hallick.

Cotton berichtete ausführlich über den neuen Gast und die genauen Umstände, unter denen er ins Haus gekommen war.

„Ich werde später mit ihm sprechen. Haben Sie sonst noch einen andern Gast hier?“ fragte er und sah das Fremdenbuch ein.

„Der neue Gast kommt erst morgen, es ist ein Pfarrer“, erwiderte der Butler. Hallick sah Cotton scharf an.

„Habe ich Sie nicht schon früher einmal gesehen?“

„Nein, mich nicht“, entgegnete Cotton, aber seine Stimme klang nervös.

„Hm“, brummte Hallick. „Das wäre im Moment alles. Ich will jetzt Miss Redmayne sprechen.“

Goodman, der ebenfalls in der Halle war, wandte sich an den Chefinspektor.

„Ich hoffe, daß Sie Miss Redmayne nicht zu sehr beunruhigen. Sie ist wirklich ein äußerst gutmütiges, liebes Mädchen – ich habe sie gern, und wenn ich jünger wäre ...“ Er lächelte. „Sie sehen, selbst Kaufleute können romantisch sein.“

„Kriminalbeamte ebenfalls“, bemerkte Hallick trocken.

Er sah Goodman interessiert an. Dieser Mann hatte ihm ein Geständnis gemacht, das er nicht erwartet hatte. Goodman liebte also das junge Mädchen und hatte wahrscheinlich die Tatsache vor allen anderen Leuten geheimgehalten.

„Sie glauben wohl, daß ich sentimental bin –“

Hallick schüttelte den. Kopf.

„Daß Sie verliebt sind, ist kein Verbrechen, Mr. Goodman“, sagte er ruhig.

„Das denke ich auch. Torheit ist kein Verbrechen, aber sie kommt mit dem Alter.“

Goodman ging zur Tür, durch die Mary kommen mußte, aber Hallick hielt ihn zurück. Gehorsam verließ er, obwohl er hier ein bevorzugter Gast war, den Raum durch eine andere Tür.

Mary hatte schon erwartet, daß man sie rufen würde. Sie war niedergeschlagen und fürchtete sich, als einer der Polizeibeamten sie in die Halle rief. Sie hatte den Chefinspektor noch nicht gesehen und war angenehm enttäuscht, da sie einen vierschrötigen Polizeibeamten erwartet hatte und einen liebenswürdigen, freundlich lächelnden Herrn vorfand. Als sie eintrat, sprach er gerade mit Cotton und nahm eine Weile keine Notiz von ihr.

„Haben Sie wirklich keine Ahnung, wie dieser Mann ins Haus gekommen sein kann?“

„Nein“, entgegnete Cotton.

„Es war kein Fenster erbrochen? Und die Haustür war verschlossen und verriegelt?“

Der Butler nickte.

„Ich habe ihn nicht hereingelassen“, sagte er laut.

Hallick kniff die Augen zusammen.

„Das haben Sie nun schon zweimal gesagt. Als ich Sie heute morgen fragte, haben Sie genau dieselben Worte gebraucht. Außerdem haben Sie mir erzählt, daß Sie an Mr. Fanes Zimmer vorbeikamen, daß die Tür offenstand und sein Zimmer leer war.“

Cotton nickte.

„Ferner habe ich hier notiert, daß der Mann, der die Polizei benachrichtigte, sich als Mr. Cotton ausgab, daß Sie es aber nicht gewesen wären.“

„Das stimmt alles ganz genau.“

Jetzt erst sah der Chefinspektor, daß sich Miss Redmayne im Zimmer befand, und er gab Cotton ein Zeichen, daß er hinausgehen sollte.

„Also, Miss Redmayne, Sie haben diesen Mann vorher nicht gesehen?“

„Doch, aber nur einen Moment."

„Haben Sie ihn wiedererkannt?"

Sie nickte.

Hallick sah auf den Fußboden und überlegte.

„Wo ist Ihr Schlafzimmer?"

„Direkt über der Eingangshalle." Sie sah, daß einer der Beamten alles protokollierte, was sie aussagte.

„Sie müssen aber etwas gehört haben. Unten hat irgendein Kampf stattgefunden – das müssen Sie doch bemerkt haben –, haben Sie einen Schrei gehört?" Als sie den Kopf schüttelte, fragte er: „Wissen Sie, um welche Zeit der Mord geschehen ist?"

„Mein Vater sagt, es muß ein Uhr gewesen sein."

„Lagen Sie zu der Zeit im Bett? Wo war Ihr Vater – etwa hier in der Nähe der Eingangshalle?"

„Nein", erwiderte sie mit Nachdruck.

„Warum sind Sie so sicher in diesem Fall?" fragte er interessiert.

„Als ich hörte, wie die Tür geschlossen wurde –"

„Was für eine Tür?"

Sie geriet durch seine Zwischenfrage in Verwirrung.

„Diese Tür." Sie zeigte auf den Eingang zur Halle. „Als sie geschlossen wurde, habe ich über das Geländer gesehen und meinen Vater unten im Gang bemerkt."

„Wohin ging er? Nach der Halle zu? Und wie war er gekleidet?"

„Ich" habe ihn nicht gesehen", entgegnete sie verzweifelt. „Es brannte kein Licht im Korridor. Ich weiß auch nicht genau, ob es diese Tür war."

Hallick lächelte.

„Werden Sie nicht nervös, Miss Redmayne. Der Ermordete hieß Joe Connor und war der Polizei als Einbrecher bekannt. Es ist sehr leicht möglich, daß Ihr Vater ihn beim Einbruch überraschte und während des Kampfes, der dann folgte, tötete. So etwas kann doch vorkommen."

Mary schüttelte den Kopf.

„Glauben Sie nicht, daß so etwas passiert sein könnte? Schließlich erschrak er, als er merkte, daß der Mann tot war, und sagte, daß er nichts mit alledem zu tun habe."

„Nein." Ihre Stimme klang laut und bestimmt.

„Haben Sie denn in der letzten Nacht nichts Außergewöhnliches gehört, das auf einen Kampf hier unten hätte deuten können?"

Sie antwortete nicht.

„Haben Sie überhaupt einmal etwas Außergewöhnliches hier in Monkshall gesehen?"

„Es muß alles Einbildung gewesen sein", erwiderte sie leise. „Aber einmal glaubte ich, daß ich eine dunkle Gestalt draußen auf der Wiese vor dem Hause gesehen hätte. Sie trug ein Gewand wie ein Mönch!"

„Also war es ein Geist?" fragte er lächelnd.

Sie nickte.

„Sie sehen, ich bin sehr nervös", fuhr sie fort. „Ich bilde mir ein, Dinge zu sehen, die gar nicht existieren. Manchmal, wenn ich in. meinem Zimmer war, glaubte ich, daß Leute über den Steinfußboden gingen – und dann habe ich auch Orgelspiel gehört."

„Ist das Geräusch klar, so daß Sie es deutlich unterscheiden können?“

„Ja, der Fußboden ist nicht sehr dick.“

„Ich verstehe“, entgegnete er sachlich. „Und doch haben Sie gestern abend nichts von dem Kampf gehört, Miss Redmayne? Erinnern Sie sich doch, Sie müssen etwas gehört haben.“

Sie wurde unruhig.

„Nein, ich kann mich an nichts erinnern – ich habe nichts gehört.“

„Wirklich nicht?“ fragte er freundlich, aber dringend. „Meiner Meinung nach muß Connor zu Boden gestürzt sein, und das muß doch Lärm gemacht haben. Sie wären sicherlich aufgewacht, wenn Sie geschlafen hätten – und Sie waren doch nervös und konnten nicht schlafen. Also, Miss Redmayne, Sie sehen, daß es keinen Zweck hat, mir etwas zu verheimlichen. Sie sind also furchtbar erschrocken, als Sie diesen Mönch sahen – oder als Sie glaubten, einen Mönch zu sehen? Und Sie waren daher außerordentlich nervös. Sie hörten ein Geräusch, öffneten Ihre Tür, und die Stimme Ihres Vaters sagte, es sei alles in Ordnung oder so etwas Ähnliches. Hat es sich nicht so zugetragen?“

Er sprach so freundlich und liebenswürdig, daß sie sich einen Augenblick lang täuschen ließ.

„Ja“, erwiderte sie leise.

„Er hatte seinen Morgenrock an, wie ich annehme – und wollte zu Bett gehen.“

„Ja“, entgegnete sie wieder.

Er nickte.

„Kurz vorher haben Sie mir aber gesagt, daß Sie Ihren Vater nicht gesehen hätten und daß kein Licht im Korridor brannte.“

Sie sprang auf und trat ihm gegenüber.

„Sie wollen, mich in Widersprüche verwickeln. Ich antworte nicht mehr! Ich habe nichts gehört und ich habe nichts gesehen. Mein Vater war nicht hier in diesem Zimmer – und es war nicht seine Stimme –“

„Es war meine Stimme, alter Freund.“

Hallick wandte sich schnell um.

Fane stand in der Tür und lächelte ihn an.

„Guten Tag! Mein Name ist Fane – Ferdie Fane. Was macht denn der Mord, den Sie hier aufklären wollen?“

„So, Sie sind Fane?“ fragte Hallick interessiert.

„Es war nicht Mr. Redmaynes, es war meine Stimme, alter Junge“, wiederholte Fane.

„Das ist ja sonderbar!“

Hallick brach das Verhör ab, winkte seinem Assistenten und verließ mit ihm die Halle.

Mary starrte den neuen Gast verwundert an.

„Es war aber doch gar nicht Ihre Stimme“, erwiderte sie halb vorwurfsvoll. „Warum haben Sie das nur gesagt? Sehen Sie denn nicht, daß hier alle Leute unter Verdacht stehen? Es ist doch wahnsinnig von Ihnen, so etwas zu behaupten. Die Polizei denkt nun doch, daß wir beide unter einer Decke stecken und zusammenarbeiten.“

Er sah sie strahlend an. „So, meinen Sie das?“

Sie ging zur Haustür und sah hinaus. Hallick und sein Assistent berieten miteinander, und Mary wurde etwas beklommen zumute.

Mr. Fane hatte die Whiskyflasche genommen und goß sich gerade ein Glas ein, als sie sich wieder umwandte.

„Sie kommen bald zurück, dann werden sie alle möglichen Fragen an mich stellen. Ach, ich wünschte nur, daß man sich auf Sie verlassen und vernünftig mit Ihnen reden könnte. Es ist schrecklich, wenn man einen Mann wie Sie so verkommen sieht."

„Schimpfen Sie nur nicht", entgegnete er ernst. „Sie sollten sich ein wenig schämen. Sagen Sie mir lieber etwas anderes."

„Ja, wenn ich nur vernünftig mit Ihnen sprechen könnte!"

Cotton trat zu ihnen. Es war eine gewisse Verschlagenheit in seinem Benehmen; beiden fiel es auf.

„Der neue Gast ist angekommen, Miss Mary. Ich meine den Pfarrer", sagte er und ging zur Seite.

Ein hagerer älterer Herr mit weißen Haaren und einer großen Hornbrille trat in die Halle. Seine Stimme klang sanft und manchmal ein wenig herablassend. Er blickte freundlich um sich und schien mit der ganzen Welt in Frieden zu leben.

„Habe ich die Ehre, mit Miss Redmayne zu sprechen?" fragte er. „Ich bin der Pfarrer Ernest Partridge. Ich mußte zu Fuß gehen, obwohl ich eigentlich annahm, daß man mich an der Station abholen würde."

Sein Händedruck war weich und ausdruckslos.

Mary ärgerte sich. Im Augenblick konnte sie am allerwenigsten einen neuen Gast gebrauchen.

„Es tut mir sehr leid, Mr. Partridge, aber wir sind alle in großer Aufregung. Cotton, bringen Sie den Koffer auf Nummer 3."

Mr. Partridge erschrak.

„Warum sind Sie denn aufgeregt? Hoffentlich hat sich kein Unfall ereignet, der die Schönheit und den Frieden dieses wundervollen Platzes stören könnte?"

„Mein Vater wird Ihnen alles Nähere mitteilen. Darf ich Sie Mr. Fane vorstellen?"

Sie mußte sich zu diesem Akt der Höflichkeit zwingen.

Eine Sekunde später kam Chef Inspektor Hallick eilig in die Halle.

„Haben Sie vielleicht einen Schauspieler in Ihrem Haus, Miss Redmayne?" fragte er.

„Schauspieler?" fragte sie und starrte ihn an.

„Ich meine Leute, die sich gerne verkleiden", sagte er geduldig. „Filmdarsteller zum Beispiel. Die kommen doch manchmal zu solch malerischen, romantischen Plätzen. Mein Assistent hat mir soeben erzählt, daß er einen Mann in einer schwarzen Kutte gesehen hat, der aus der Gegend des Mönchsgrabes kam – er trug ein Gewehr in der Hand. – Verdammt, da ist er!"

Er zeigte durch das offene Fenster in den Park. Mary fühlte plötzlich, daß sie von starken Armen ergriffen und zur Seite gezogen wurde. Es war Fane, der sie hielt, und empört versuchte sie, sich loszureißen.

Im nächsten Moment fiel ein Schuß. Ein Geschoß sauste an ihrem Kopf vorbei und schlug in den Spiegel über dem Kamin ein. Es war so nahe, daß sie zuerst glaubte, sie sei getroffen worden. Ferdie Fane hatte ihr das Leben gerettet.

9

Hallick machte sich sofort an eine genaue Untersuchung der ganzen Örtlichkeit, aber er fand nichts außer einer Patronenhülse. Schließlich fuhr er wieder in die Stadt und ließ Sergeant Dobie in Monkshall zurück.

Der Tag war furchtbar für Mary und schien nicht enden zu wollen. Die Gegenwart des Beamten von Scotland Yard beruhigte sie in gewisser Weise, obwohl ihr Vater dadurch nervös wurde. Glücklicherweise hielt sich Sergeant Dobie im Hintergrund und fiel weiter nicht auf.

Nur zwei Bewohner des Hauses schienen sich um die furchtbaren Dinge nicht zu kümmern: Mr. Fane und der Pfarrer. Der Geistliche war sehr redselig und erzählte bei jeder passenden und unpassenden Gelegenheit Anekdoten, für die sich niemand interessierte. Nur Mrs. Elvery fand ihn interessant und hatte nun endlich jemanden, mit dem sie sich unterhalten konnte.

Mary war erstaunt über Ferdie Fane. Sie wußte nicht recht, was sie eigentlich von ihm halten sollte. Nachdem sie ihn jetzt genauer kennengelernt hatte, gefiel er ihr doch ganz gut, und wenn er nicht so unmäßig getrunken, hätte – hätte sie ihn auch gern haben können. Wie sehr sie ihn in Wirklichkeit schon schätzte, wollte sie sich selbst nicht eingestehen. Er allein war vollkommen kühl und ruhig geblieben, als der Schuß fiel, der beinahe ihrem und vielleicht auch seinem Leben ein Ende bereitet hätte.

Am Nachmittag unterhielt sie sich mit ihm. Er war sehr liebenswürdig und vollkommen vernünftig.

„Sie meinen, der Mann hat mich erschießen wollen“, sagte er „Um Himmels willen, nein! Aber schließlich hat ja jeder Feinde ich auch!“

„So, haben Sie Feinde?“ fragte sie.

Seine Augen leuchteten sonderbar, als er ihr antwortete.

„Vielleicht! Es gibt eine ganze Menge Leute, die mit mir abrechnen wollen."

„Mrs. Elvery sagte, Scotland Yard würde Inspektor Bradley herschicken."

„Welchen Zweck sollte das haben? Bradley ist ein völlig talentloser Beamter." Als ob er ihre Gedanken lesen könnte, fragte er schnell: „Hat die interessante alte Dame vielleicht noch mehr darüber erzählt?".

Sie gingen zusammen durch die lange Ulmenallee, die zum Parktor führte. Noch vor zwei Tagen wäre sie vor Fane geflohen, aber nun fühlte sie sich merkwürdig zufrieden und ruhig in seiner Gegenwart. Sie konnte das selbst nicht erklären. Wie war es nur möglich gewesen, daß sie ihn vorher so wenig hatte leiden können?

„Mrs. Elvery ist eine Spezialistin für Verbrechen", sagte sie und lächelte mitleidig, obwohl ihr nicht zum Lachen zumute war. „Sie sammelt alle Zeitungsausschnitte über schwere Verbrechen, schon seit Jahren. Und sie hat mir auch erzählt, daß der ermordete Connor in einen großen Goldraub verwickelt war, der sich vor einigen Jahren ereignete. Außerdem nannte sie noch einen gewissen O'Shea."

„O'Shea?" fragte Fane schnell, und sie sah, daß sich sein Gesichtsausdruck änderte. „Zum Kuckuck, was weiß sie denn von O'Shea? Es wäre besser, daß sie sich in acht nähme und nicht solchen Unsinn redete – ach, verzeihen Sie." Er lächelte wieder.

„Haben Sie etwas über ihn gehört?" meinte Mary.

„Ja, allerdings nur ein Gerücht", erwiderte er fast heiter. „Aber erzählen Sie mir nur weiter, was Mrs. Elvery noch gesagt hat."

„Sie behauptete, daß damals eine große Goldsendung verschwand. Der Schatz soll irgendwo vergraben liegen, ihrer Meinung nach hier in Monkshall. Connor habe danach gesucht, wie sie sagt, und den Butler Cotton ins Vertrauen gezogen, damit der ihn ins Haus lassen sollte. So ließe sich auch erklären, daß die Tür verschlossen und kein Fenster erbrochen war. Ich habe gehört, wie sie Mr. Partridge die ganze Geschichte erzählte. Mich mag sie nicht, sonst hätte sie es mir auch gesagt."

Eine Weile gingen die beiden schweigend nebeneinander her.

„Können Sie ihn gut leiden – ich meine den neuen Gast, den Pfarrer Partridge?" fragte Ferdie.

„Ach, er ist ein ganz netter Mann."

„Sie wollen wohl sagen, daß er Sie langweilt." Fane lachte leise vor sich hin. „Aber warum gehen Sie nicht nach London?"

Sie blieb plötzlich stehen und starrte ihn an.

„Meinen Sie, ich sollte Monkshall verlassen? Wie kommen Sie darauf?"

Er sah sie fest an.

„Meiner Meinung nach ist der Aufenthalt hier nichts für Sie. Ich glaube, es dürfte hier etwas zu gefährlich für eine junge Dame sein."

„Warum denn?" fragte sie ungläubig.

„Es ist gefährlich für Sie, obgleich in Monkshall Leute wohnen, die Sie anbeten und die wahrscheinlich gern ihr eigenes Leben daransetzen würden, Sie zu retten und vor allem Übel zu bewahren."

„Meinen Sie meinen Vater?"

Sie versuchte, ihn mißzuverstehen und das Gespräch auf ein anderes Thema zu bringen, da sie sich Fane gegenüber irgendwie verlegen fühlte.

„Nein, ich meine zwei andere – einer der beiden ist – Mr. Goodman."

Zuerst wollte sie ärgerlich werden, aber dann lachte sie ziemlich laut.

„Das ist doch Unsinn! Mr. Goodman ist so alt, daß er mein Vater sein könnte!"

„Trotzdem ist er immer noch jung genug, um Sie zu lieben", erklärte Fane ruhig. „Mr. Goodman ist wirklich aufrichtig in Sie verliebt und schätzt Sie außerordentlich, Miss Redmayne. Und es gibt auch noch einen anderen Mann, der sich sehr für Sie interessiert."

„Sie meinen, wenn er nüchtern ist?" erwiderte sie herausfordernd. Aber dann tat es ihr leid, daß sie das gesagt hatte. Ihr fiel ein, daß sie im Haus noch etwas zu tun hatte, und er machte auch keinen Versuch, sie zurückzuhalten.

*

Als Inspektor Hallick nach London zurückfuhr, war er tief in Gedanken versunken, aber er tappte doch nicht so im Dunkeln, wie sein Assistent annahm. Er war fest davon überzeugt, daß der geheimnisvolle Mord in Monkshall etwas mit jenem, Jahre zurückliegenden Goldraub zu tun hatte.

Als er in sein Büro kam, klingelte er und gab dem eintretenden Beamten, den Auftrag, ihm die Akten über den großen Goldraub O'Sheas zu bringen.

„Außerdem brauche ich alle Angaben, die sich in der Registratur über O'Shea vorfinden."

Als der Beamte gegangen war, öffnete Hallick sein Notizbuch und schrieb sich auf, was er in Monkshall erfahren und beobachtet hatte. Zweifellos war der Schuß von der Ruine gefallen. Hallick hatte die Örtlichkeit genau untersucht und entdeckt, daß tatsächlich hinter einer großen Baumgruppe die Ruine einer alten Kapelle versteckt lag, die vollkommen mit Efeu bewachsen war. Wie der Verbrecher, der den Schuß abfeuerte, entkommen konnte, war ein Geheimnis für sich. Hallick hielt es nicht für ausgeschlossen, daß eine dieser großen Steinplatten, die unter den Brombeer- und Weißdornbüschen verborgen waren, vielleicht den Eingang zu einem unterirdischen Gang verdeckte.

Er sprach auch mit einem der Inspektoren von Scotland Yard darüber, der zu einer kurzen Unterredung in sein Büro kam. Es war der bekannte Inspektor Elk, der nichts von der Sache wissen wollte.

„Was reden Sie da von unterirdischen Gängen? Das ist doch immer das letzte Verlegenheitsmittel. Wenn der Verfasser eines Kriminalromans nicht weiter weiß, verfällt er auf derartigen Unsinn. Unterirdische Gänge und Geheimtüren in der Wandverkleidung! Einfach lächerlich!"

„Ich möchte die Möglichkeit nicht vollkommen ausschließen", entgegnete Hallick ruhig. „Monkshall ist eins der ältesten bewohnten Häuser in England. Ich habe mir in der Bibliothek die Literatur besorgt. Einige Nachrichten stammen aus der Zeit der Königin Elisabeth I."

Elk stöhnte. „Ausgerechnet wieder diese Frau! Es gibt nichts, was nicht zu ihren Tagen existiert hätte!"

Inspektor Elk hatte einen ganz besonderen Grund, auf Königin Elisabeth I. böse zu sein, denn bei einem früheren Examen war er durchgefallen, weil er die Daten ihrer Regierung nicht genau wußte.

„Selbstverständlich gab es damals Geheimtüren, unterirdische Gänge und all solchen Kram!“ meinte er verdrießlich.

Chefinspektor Hallick kam plötzlich ein Gedanke.

„Setzen Sie sich doch, Elk. Ich muß Sie etwas fragen.“

„Wenn es sich um Geschichtszahlen handelt, dann sparen Sie sich die Mühe. Ich weiß von der Königin Elisabeth I. nur –“

„Haben Sie jemals O'Shea gesehen?“

„Den Bankräuber? Nein, ich bin nie mit ihm in Berührung gekommen. Soviel ich weiß, ist er jetzt in Amerika. Oder sind Sie anderer Meinung?“

„Ich glaube, er ist in England“, erwiderte Hallick, aber Elk schüttelte den Kopf.

„Das möchte ich bezweifeln. Es ist doch gar kein Grund vorhanden, warum er in England sein sollte. In den letzten Jahren hat er sich vollkommen ruhig verhalten, und ein Mann, der so viel Geld zusammengebracht hat wie er, kann es sich auch leisten, sich zur Ruhe zu setzen. Gewöhnlich trägt ein Verbrecher, der große Beute gemacht hat, das Geld zum nächsten Spielklub und hat nicht eher Ruhe, als bis er den letzten Schilling verloren hat. Und da O'Shea doch nicht ganz richtig im Kopf ist –“

„Woher wissen Sie denn das?“ fragte Hallick neugierig.

„O'Shea ist erblich mit Wahnsinn belastet. Das ist eine der Tatsachen, die seinerzeit bei der Verhandlung nicht erwähnt wurden.“

„Ich habe nichts davon gewußt, bis ich Connor im Gefängnis ausfragte, und ich kann mich auch nicht besinnen, daß ich es jemals in den Akten vermerkt habe“, meinte Hallick. „Wie haben Sie denn das erfahren?“

„Vor vielen Jahren habe ich mich einmal mit dem Fall beschäftigt. Wir konnten O'Shea selbst nicht fangen und auch keine Einzelheiten über ihn erfahren, nur ein paar Schriftstücke fand man, die von seiner Hand stammten. Das war in den Tagen vor dem letzten großen Goldraub, bevor Sie die Aufklärung des Falles übernahmen. Da ich damals weder sein Bild noch seine Fingerabdrücke zur Verfügung hatte, stellte ich Nachforschungen über seine Familie an. Sein Vater starb in einer Irrenanstalt, seine Schwester verübte Selbstmord. Sein Großvater hatte einen Mord begangen und starb während der Untersuchungshaft. Ich habe mich immer gewundert, warum niemand auf den Gedanken gekommen ist, eine Geschichte der Familie zu schreiben.“

Das war eine große Neuigkeit für Chefinspektor Hallick, aber sie stimmte genau mit dem überein, was Connor ihm früher gesagt hatte.

Der Beamte kam mit einem umfangreichen Aktenstück und einem dünnen Schnellhefter zurück. Der Inhalt des Hefters zeigte, daß in der letzten Zeit keine neuen Nachrichten über O'Shea eingegangen waren.

Elk beobachtete seinen Kollegen neugierig.

„Sie wollen wohl Ihr Gedächtnis über den großen Goldraub auffrischen? Werden Sie nicht neidisch, wenn Sie daran denken, daß diese Unmenge Gold irgendwo versteckt liegt? Nur schade, daß sich Bradley nicht mit der Aufklärung des Falles beschäftigt. Er kennt alle Einzelheiten aufs beste. Wenn Sie davon überzeugt sind, daß die

Ermordung Connors mit O'Shea zu tun hat, würde ich ihn an Ihrer Stelle sofort telegrafisch zurückrufen."

Hallick blätterte in dem Aktenstück.

„Was Connor angeht", fuhr Elk fort, „so hat der schließlich nur seinen Lohn bekommen. Als er zu seiner letzten langen Gefängnisstrafe verurteilt wurde, hat er alles verraten und mir ausführlich erzählt, daß O'Shea ihn hintergangen habe. Aber Connor selbst hat früher mehr Kameraden und Freunde betrogen als irgendein anderer Verbrecher. Übrigens ist Marks nicht besser als er. Ich kenne die beiden gut. Hätte ich sie vor dem Goldraub getroffen, so hätten sie mir wahrscheinlich alles verraten. Wo ist übrigens dieser Marks?"

Hallick schüttelte den Kopf und schloß das Aktenstück.

„Ich weiß es nicht. Wenn ich ihn nur einmal erwischte. Gewöhnlich treibt er sich in Hammersmith herum, und ich möchte ihn dringend warnen."

Elk grinste. „Den können Sie nicht warnen. Der ist viel zu schlau. Nächstens finden wir ihn noch auf der Universität in Oxford oder Cambridge. Persönlich sind mir die klugen und schlauen Verbrecher lieber, denn sie fangen sich selbst. Man braucht sich nicht groß bei ihnen anzustrengen."

„Ich meine nicht, daß er ins Garn geht oder sich selbst einen Strick dreht, aber ich fürchte, daß O'Shea ihn eher fängt als umgekehrt. Das ist durchaus möglich."

Hallick rief Monkshall an, aber Sergeant Dobie konnte ihm nichts Neues mitteilen. „Ist Mrs. Elvery abgereist?"

„Nein, die bleibt bis zur Aufklärung des Falles hier. Sie ist nun einmal auf Verbrechen versessen. Und dann noch eins, Mr. Hallick. Ferdie Fane ist schon wieder betrunken."

„Ist der überhaupt jemals nüchtern?“

Er kümmerte sich aber nicht weiter um Fanes Trunkenheit, er interessierte sich mehr für das Leben in Monkshall, das trotz der schweren Ereignisse seinen gewohnten Gang ging. Einige Zeitungsberichterstatter waren im Laufe des Tages dort erschienen und hat. ten versucht, den Colonel zu sprechen.

„Ich habe sie alle wieder fortgeschickt. Im allgemeinen, nimmt man an, daß Connor noch einen Komplicen hatte und daß es ihnen gelang, das Gold zu finden. Dann sind sie wohl in Streit geraten, und Connor wurde ermordet. Natürlich von seinem Komplicen, der sich darauf mit der Beute davongemacht hat. – Wenn ich vorhin sagte, daß man das im allgemeinen annimmt“, fügte Dobie hinzu, „so stimmt das eigentlich nicht ganz. Es ist mehr meine Idee. Was halten Sie davon?“

„Ach, das ist alles Humbug“, entgegnete Hallick und legte auf.

10

Die Polizeimaschinerie von Scotland Yard lief auf Hochtouren. Nach allen Richtungen hin hatte man Nachforschungen eingeleitet; nicht einmal Mrs. Elvery und ihre Tochter waren verschont geblieben. Gegen Mitternacht lagen Hallick bereits Nachrichten über die einzelnen Personen vor. Man hatte sich um die Vorgeschichte aller Leute gekümmert, die in Monkshall wohnten.

Mrs. Elvery, eine wohlhabende Frau, war nach dem Tod ihres Mannes ständig auf Reisen. Es ging ihr wirklich gut, und sie brauchte nicht zu sparen. Man hätte sie unter gewissen Umständen sogar reich nennen können. Sie gehörte zu diesen geheimnisvollen Frauen in mittleren Jahren, die von einem Hotel zum andern ziehen und in luxuriöser Umgebung verhältnismäßig sparsam leben. Man findet sie im August am Lido, im Juli in Deauville und im Winter an der Riviera oder in Ägypten.

Mr. Goodman war stiller Teilhaber in einer alten, nicht gerade sehr erfolgreichen Importfirma. Früher hatte er sich lange Jahre aktiv an dem Unternehmen beteiligt. Hallick zog daraus die Schlußfolgerung, daß die Firma glänzend verdient haben mußte, bevor sich Goodman vom Geschäft zurückzog.

Die Akten über Cotton waren nicht gerade sehr glänzend. Er war dreimal des Diebstahls verdächtigt und verhaftet worden. Aber man hatte ihn mangels Beweisen freisprechen müssen.

„Man muß sich Cottons Fingerabdrücke beschaffen, dann wird sich das weitere finden“, sagte Hallick zu Elk.

Cotton hatte immer Stellungen in Pensionen gehabt, und während er dort beschäftigt war, waren dann stets Schmuckstücke verschwunden, wobei der Verdacht immer auf ihn fiel.

Colonel Redmayne war früher ein armer Militärarzt gewesen und wegen Trunksucht entlassen worden. Durch Schiebung hatte er eine leitende Stellung beim Roten Kreuz erhalten. Als dann verhältnismäßig viel Geld aus der von ihm verwalteten Kasse verschwand, hatte man eine Untersuchung gegen ihn eingeleitet, und Scotland Yard war bereits auf ihn aufmerksam geworden. Man hatte aber von einer Anklage abgesehen, da das nötige Beweismaterial nicht zusammengebracht werden konnte. Zudem wurde das fehlende Geld wieder ersetzt, und man ließ daher die Sache fallen. Man sprach aber viel von ihm, als er Monkshall kaufte.

Die Nachrichten über Redmaynes Laufbahn waren Hallick neu.

„Militärarzt war er also?“

Elk nickte, denn er hatte selbst die Nachrichten über Redmayne gesammelt.

„Er war schon vor dem Krieg im Dienst und ist dann im Laufe der Jahre zum Colonel befördert worden. Es ist merkwürdig, wie stolz diese Leute auf ihren militärischen Rang sind.“

Hallick brachte den Abend damit zu, einen großen alten Plan von Monkshall und der nächsten Umgebung zu studieren.

Daneben lag eine Detailzeichnung der Eingangshalle, die bei Connor gefunden worden war. Eins war jedenfalls sicher: Connor war nicht in das Haus eingebrochen. Es mußte also irgend jemand der Hausbewohner ihn heimlich hereingelassen haben. Und wer kam da in Frage? Redmayne selbst hätte es nicht getan – ebensowenig seine Tochter!

Es konnte nur ein Dienstbote gewesen sein, und sicherlich niemand anders als Cotton. Es war nahezu unmöglich, in das alte, gutbefestigte Haus einzubrechen, ohne einen Verbündeten zu haben. Alle Fenster und Türen waren mit elektrischen Alarmanlagen versehen, außerdem war Monkshall so sicher gebaut, daß es eine Belagerung hätte aushalten können. Es schien, als ob Colonel Redmayne früher oder später den Besuch eines Einbrechers erwartet hätte. Hallick ging an jenem Abend todmüde ins Bett. Eigentlich erwartete er einen Anruf, aber es ereignete sich nichts. Er rief Monkshall an, bevor er am nächsten Morgen sein Haus verließ, und Dobie meldete, daß alles in Ordnung sei. Der Sergeant hatte sich noch nicht zur Ruhe gelegt, und bis dahin war auch noch nichts passiert. Weder hatte er Geräusche gehört noch ein Gespenst gesehen.

„Was reden Sie da wieder für einen Unsinn von Geistern und Gespenstern!“ tadelte ihn Hallick. „Haben Sie etwa erwartet, daß Sie dort am hellen, lichten Tag Gespenster sehen?“

„Ich fange tatsächlich an zu glauben, daß es hier etwas gibt, was nicht mit natürlichen Dingen zugeht."

„Ach, das ist Geschwätz", entgegnete Hallick scharf. „Solchen Gedanken dürfen Sie sich nicht hingeben, Sergeant!"

Der Chefinspektor hatte auch noch einen anderen Fall zu bearbeiten und verbrachte zwei Stunden damit, ein wenig intelligentes Dienstmädchen über das geheimnisvolle Verschwinden von wertvollen Schmuckstücken auszufragen. Es war beinahe Mittag geworden, als er zu seinem Büro zurückkehrte. Sein Assistent teilte ihm eine unerwartete Neuigkeit mit.

„Mr. Goodman wartet auf Sie. Er möchte Sie sprechen. Ich habe ihn ins Empfangszimmer geführt."

„Godman?" fragte Hallick und runzelte die Stirn. Im Augenblick konnte er sich nicht auf den Namen besinnen. „Ach ja, ist das nicht der alte Herr aus Monkshall? Was will denn der von mir?"

„Er sagte nur, daß er Sie sprechen wolle. Als ich ihm erklärte, daß Sie nicht anwesend seien, wollte er warten."

„Bringen Sie ihn herein!"

Mr. Goodman betrat das Büro. Er schien ziemlich ängstlich und zurückhaltend zu sein.

„Ich habe, offen gestanden, erwartet, daß Sie mich nicht empfangen würden, denn ich weiß sehr wohl, wieviel Sie zu tun haben." Er legte seinen. Hut und seinen Regenschirm sorgfältig auf einen Stuhl. „Aber da ich eine Besorgung in der Stadt hatte, dachte ich, daß ich auch bei Ihnen vorsprechen könnte."

„Ich freue mich sehr, daß Sie mich hier besuchen, Mr. Goodman", erwiderte Hallick und schob ihm einen Stuhl hin. „Haben Sie sich wieder neue Theorien gebildet über den Mord in Monkshall?"

Goodman lächelte.

„Ich habe Ihnen doch schon früher gesagt, daß ich keine Erklärung weiß, aber ich bin besorgt um Miss Redmayne.“ Er machte eine Pause und zögerte. „Sie haben sie verhört, und sie war sehr bedrückt deshalb.“ Er machte abermals eine Pause, aber Hallick half ihm nicht. „Sie wissen, ja schon, daß ich – Mary Redmayne gern habe; ja, ich darf wohl sagen, daß ich sie verehre. Ich würde alles tun, um diesen mysteriösen Fall aufzuklären, und ich bin fest davon überzeugt, daß ihr Vater mit dieser schrecklichen Angelegenheit nichts zu tun hat.“

„Ich habe auch nicht gesagt, daß er in die Geschichte verwickelt ist“, unterbrach ihn Hallick.

Mr. Goodman nickte.

„Das verstehe ich vollkommen, aber ich bin schließlich doch nicht ganz so dumm, wie es den Anschein haben mag. Ich weiß wohl, daß er unter Verdacht steht, und ebenso, daß alle Leute, die dort im Haus wohnen, mehr oder weniger verdächtig sind. Auch ich bin. nicht ausgeschlossen.“

Wieder hielt er im Sprechen inne, aber Mr. Hallick blieb stumm. Er war gespannt, was jetzt kommen würde.

„Ich bin ein verhältnismäßig wohlhabender Mann“, fuhr Goodman schließlich fort. Es schien ihm schwerzufallen, den Vorschlag zu äußern, den er im Sinn hatte. „Ich bin bereit, eine große Summe auszugeben, nicht gerade, um der Polizei zu helfen, aber um Colonel Redmayne von jedem Verdacht zu reinigen. Wahrscheinlich wird Ihnen mein Vorschlag sehr sonderbar erscheinen, aber ich habe Sie aufgesucht, um Ihnen zu sagen, daß ich einen Detektiv von Scotland Yard engagieren möchte.“

Der Chefinspektor schüttelte den Kopf.

„Wenn Sie ihn engagieren wollen wie einen Privatdetektiv, so ist das nicht möglich!“

Goodman machte ein langes Gesicht.

„Das tut mir unendlich leid. Ich hatte so viel von Mrs. Elvery gehört. Sie ist zwar etwas zu redselig und kann einem manchmal auf die Nerven fallen, aber sie hat eine außerordentliche Kenntnis in kriminalistischen Dingen. Und sie hat immer wieder betont, daß in Scotland Yard ein tüchtiger Beamter sei, der diesen Fall sofort aufklären könne – Inspektor Bradley.“

Hallick lachte.

„Inspektor Bradley ist im Augenblick nicht in England.“

„Ach, das ist aber schade“, entgegnete Mr. Goodman betrübt. „Mrs. Elvery sagt –“

„Ich fürchte nur, daß sie sehr viel sagt, was uns nicht weiterhilft“, unterbrach ihn Hallick gutgelaunt. „Es tut mir furchtbar leid, aber ich kann Ihren Wunsch nicht erfüllen; und es ist wohl auch am besten, wenn Sie uns die Aufklärung des Falles überlassen; denn wir haben keinen anderen Wunsch, als die Wahrheit ans Licht zu bringen. Wir wollen jede Person, die unter falschem Verdacht steht, davon befreien, aber ebenso fest sind wir entschlossen, den Täter ausfindig zu machen und ihn dem Gericht zu übergeben.“

Damit wäre die Unterredung eigentlich zu Ende gewesen, aber Mr. Goodman blieb noch sitzen und sah Hallick verlegen an.

„Furchtbar schade“, sagte er schließlich. „Mr. Bradley ist im Ausland. Dann kann ich also meine Neugierde nicht befriedigen. Und Mrs. Elvery hat mir doch so viel von diesem tüchtigen Detektiv erzählt. Er ist doch sicherlich sehr klug?“

„Das stimmt. Er ist einer der fähigsten Beamten von Scotland Yard."

„Da bin ich um so trauriger, denn ich hätte gern gewußt, wie er aussieht."

Hallick warf ihm einen kurzen Blick zu und schaute dann nach der Wand, wo drei Gruppenbilder hingen. Eins davon nahm er ab und legte es vor sich auf den Tisch. Es waren ungefähr dreißig Beamte darauf zu sehen, die nebeneinander saßen oder standen. Darunter konnte man lesen: Die Beamtenschaft des Polizeipräsidiums.

„Ich kann Ihre Neugierde doch befriedigen. Der vierte Malta von links neben dem Polizeipräsidenten ist Inspektor Bradley."

Mr. Goodman rückte seine Brille zurecht und betrachtete das Foto genau.

„Das ist Bradley. Er sieht allerdings nicht aus wie ein Detektiv", bemerkte Hallick lächelnd, „aber er ist trotzdem der tüchtigste Beamte von Scotland Yard."

Goodman starrte auf die Fotografie, dann lächelte er ein wenig nervös.

„Es war sehr freundlich von Ihnen, Mr. Hallick. Sie haben recht, er sieht wirklich nicht aus wie ein Detektiv, aber das trifft ja bei keinem der Beamten von Scotland Yard zu. Die sehen aus wie –"

„Wie gewöhnliche Leute", ergänzte Hallick und zwinkerte ihm zu.

Dann hängte er das Bild wieder an die Wand.

„Wegen Miss Redmayne machen Sie sich nur keine Sorgen. Und denken Sie um Himmels willen nicht daran, einen Detektiv für die Sache zu engagieren. Das wäre weder für Miss Redmayne noch für ihren Vater irgendwie von Nutzen. Unschuldige Leute haben nichts zu fürchten, schuldige dagegen viel. Sie kennen doch Colonel Redmayne seit langer Zeit, wie ich annehme?“

„Ja, schon mein ganzes Leben lang.“

„Dann kennen Sie auch seine Vergangenheit?“

Goodman zögerte.

„Ja, ich glaube, daß sie mir bekannt ist“, sagte er dann ruhig. „Es gab ein paar unangenehme Zwischenfälle in seiner Karriere, er hat mir alles selbst erzählt. Ich muß auch sagen, daß er sehr viel trinkt, das ist sehr schade. Aber ich glaube, er hat noch mehr getrunken, als sich diese unliebsamen Ereignisse abspielten.“

Er griff nach Hut und Schirm, nahm seine Pfeife aus der Tasche, sah sie an, steckte sie dann aber hastig wieder ein.

„Sie können hier ruhig rauchen, Mr. Goodman, wir bringen Sie deshalb nicht an den Galgen“, lachte Hallick.

Er begleitete seinen Gast den langen Korridor entlang und ging auch mit ihm die Treppe hinunter. In der Eingangshalle verabschiedete er sich von ihm. Hallick hoffte, daß er Goodman beruhigt hatte.

11

Es war vier Uhr, als Goodman die kleine Station erreichte, die einen Kilometer von Monkshall entfernt lag. Er machte sich zu Fuß auf den Weg ins Dorf.

Er war eine gute Viertelstunde unterwegs, als er das Geräusch eines Autos hinter sich hörte. Er machte sich nicht die Mühe, sich umzuschauen, und war darum überrascht, als der Wagen langsamer fuhr und jemand ihn anrief. Es war Ferdie Fane, der am Steuer saß.

„Steigen Sie ein, junger Mann“, sagte er vergnügt. „Warum wollen Sie Ihre Sohlen ablaufen, wenn Sie die Reifen eines Bekannten abnützen können?“

Fane hatte ein rotes, erhitztes Gesicht, und seine Augen glänzten hinter der großen Hornbrille.

Mr. Goodman fürchtete, daß Fane zuviel getrunken hatte.

„Nein, danke vielmals, ich will lieber zu Fuß gehen.“

„Ach, reden Sie doch nicht solchen Unsinn. Steigen Sie ein!“ erwiderte Ferdie bestimmt. „Ich kann viel besser fahren, wenn ich einen hinter die Binde gekippt habe, als wenn ich mit nüchternem Magen durch die Gegend gondele. Aber ich kann Ihnen die Versicherung geben, daß ich nichts getrunken habe.“

Zögernd und vorsichtig stieg Goodman in den Wagen und nahm neben Fane Platz.

„Ich werde langsam fahren, Sie brauchen wirklich keine Angst zu haben.“

„Glauben Sie, daß ich Angst habe?“ fragte Goodman etwas heiser. “Das weiß ich bestimmt“, entgegnete Fane belustigt. „Wo sind. Sie denn eigentlich an diesem Tag gewesen?“„

„Ich bin nach London gefahren.“

„Oh, das ist eine interessante Stadt, aber es wohnt sich nicht sehr nett dort.“

Fane hielt sein Wort und fuhr mit äußerster Vorsicht, wie Mr. Goodman beruhigt feststellen konnte. Er war neugierig, wie Ferdie zu dem Wagen gekommen war, und fragte ihn danach.

„Ich habe das Auto gegen schweres Geld von einem Räuber und Straßendieb aus dem Dorf geliehen. Können Sie auch fahren?“

Mr. Goodman schüttelte den Kopf.

„Es ist ein sehr glatter, guter Weg für einen Personenwagen, aber es ist unendlich schwer, hier mit einem Lastwagen entlangzufahren, besonders wenn man schwer geladen hat. Kennen Sie Lark Hill?“

Mr. Goodman nickte.

„Ein Lastwagen ist dort oben steckengeblieben, und ich glaube, er wird auch vorläufig nicht von der Stelle kommen, obwohl im Augenblick die Straße trocken ist. Wie schwierig muß es erst sein, mit einer schweren Last in einer regnerischen Nacht dort entlangzufahren! An dem steilen Hügel ist schon mehr als ein Chauffeur gescheitert.“

Er sprach über gleichgültige Dinge, bis sie zum Fuß des steilen Hügels kamen, wo der schwere Lastwagen noch verlassen an der Straßenseite stand.

„Sehen Sie, dort steht der Kasten“, sagte er mit Genugtuung. „Es wird eine ganze Menge Mühe und Arbeit kosten, um ihn wieder flott zu bekommen. Nur ein außerordentlich tüchtiger Chauffeur bringt so etwas fertig.“

Goodman lächelte.

„Ich habe niemals gewußt, daß es auch unter den Chauffeuren besonders tüchtige Leute gibt. Aber schließlich scheint es in jedem Beruf, so einfach er auch sein mag, einen Napoleon zu geben.“

„Darauf können Sie sich verlassen“, entgegnete Ferdie.

Bald hatten sie Monkshall erreicht, und Fane gab einem der Angestellten, der den Wagen ins Dorf zurückbringen sollte, ein Trinkgeld. Dann verschwand er ins Haus.

Goodman schaute sich um. Trotz seines Alters war seine Sehkraft noch sehr gut. In der Nähe der Ruine bemerkte er eine schlanke Gestalt – es war Mary. Sie erkannte ihn und kam ihm entgegen. Ihr Vater befand sich in seinem Arbeitszimmer, und sie wollte gerade zum Tee gehen. Er fand, daß sie etwas angestrengt und bleich aussah.

„Hat sich heute nichts ereignet?“ fragte er schnell.

„Nein, Mr. Goodman, aber ich habe Angst vor der kommenden Nacht.“

Er legte ihr sanft die Hand auf die Schulter.

„Aber, liebes Kind, Sie sollten wirklich von hier fortgehen. Ich muß einmal mit dem Colonel darüber sprechen.“

„Ach, bitte, tun Sie das nicht“, entgegnete sie schnell. „Vater will nicht haben, daß ich gehe. Aber die letzten Tage haben mich etwas nervös gemacht.“

„Ist der junge Mann wieder aufdringlich geworden?“

„Nein. Sie meinen Mr. Fane? Der war sehr nett zu mir, ich habe ihn heute nur ein paar Minuten gesprochen. Er ist mit einem Auto fortgefahren und fragte mich –“ sie brach plötzlich ab.

„Hat er Sie eingeladen, mitzufahren? Der junge Mann hat vielleicht Nerven!“

„Er war aber wirklich sehr nett“, sagte sie schnell. „Ich war nur nicht in der Stimmung, eine Spazierfahrt zu machen. Soviel ich weiß, ist er soeben zurückgekommen. Oder waren Sie es, der mit dem Auto vor Monkshall hielt?“

Er erzählte ihr, daß er unterwegs Ferdie Fane getroffen habe, und Mary lachte zum erstenmal an diesem Tage.

„Es ist merkwürdig. Manchmal ist er vernünftig, und dann kann ich ihn recht gut leiden. Cotton scheint ihn zu hassen, er sagte mir heute, daß er kündigen würde, wenn Mr. Fane das Haus nicht verließe."

Goodman lächelte.

„Sie scheinen ja recht viel Mühe und Sorgen in Ihrem Haushalt zu haben. Hoffentlich ist Mr. Partridge nett und liebenswürdig?"

Sie lächelte ein wenig.

„Ja, er ist reizend. – Heute habe ich ihn noch nicht gesehen", fügte sie dann hinzu.

„Sie können das jetzt nachholen", erwiderte er und zeigte zum Rasen hinüber.

Dort stand Mr. Partridge in seinem schwarzen Rock, aber man konnte ihn kaum vor dem dunklen Hintergrund der Bäume erkennen. Langsam ging er auf und ab und las dabei ein Buch. Aber allem Anschein nach war seine Aufmerksamkeit nicht vollkommen bei seiner Lektüre, denn er schloß das Buch und ging auf die beiden zu.

„Das ist doch hier ein herrliches Fleckchen Erde, meine liebe Miss Redmayne, ein wundervoller Platz, ein Paradies auf Erden!"

Bei Tageslicht sah sein Gesicht nicht so sanft und freundlich aus, im Gegenteil, seine Züge waren hart und scharf, und seine dunklen Augen hatten einen stechenden Ausdruck. Seine Stimme klang allerdings nach wie vor liebenswürdig, nur etwas zu salbungsvoll. Irgendwie mißfiel er Mary vom ersten Augenblick an, und jetzt erschien er ihr noch abstoßender als zuvor.

„Ich sah Sie mit einem Wagen kommen, Mr. Fane saß am Steuer", wandte sich Partridge vorwurfsvoll an Goodman. „Dieser Mr. Fane ist doch ein merkwürdiger junger Mahn. Leider scheint er sich dem Alkohol zu sehr ergeben zu haben!"

„Ich kann aber tatsächlich bezeugen“, unterbrach ihn Mr. Goodman, „daß Fane heute vollkommen nüchtern ist. Er hat mich mit außerordentlicher Geschicklichkeit nach Hause gefahren. Er ist nur leicht erregbar, und vielleicht tut man ihm manchmal unrecht wegen seines seltsamen Verhaltens.“

Der Pfarrer warf den Kopf zurück. Er konnte Fane nicht leiden und hielt nicht viel von dessen Charakter.

Man konnte aber an Fanes Benehmen nichts aussetzen, als er kurz darauf zum Tee in der Halle erschien. Er hätte allein gesessen, wenn Goodman ihn nicht in den kleinen Kreis eingeladen hätte, der aus Mrs. Elvery, Mary und den beiden Herren bestand. Er war sehr ruhig, und obwohl er mehrere Male Gelegenheit gehabt hätte, in die Unterhaltung einzugreifen, hielt er sich zurück und blieb liebenswürdig und bescheiden.

Mary beobachtete ihn heimlich. Sie interessierte sich bereits mehr für ihn, als sie sich eingestehen wollte. Es fiel ihr auf, daß er älter sein mußte, als sie anfangs geglaubt hatte. Auch ihr Vater hatte das bemerkt. Fanes Haare waren an den Schlafen schon leicht angegraut, und obwohl das Gesicht sonst glatt und ohne Falten war, zeugten doch die entschlossenen, etwas harten Züge davon, daß er die Dreißig überschritten haben mußte. Vielleicht war er auch schon älter als vierzig.

Er hatte eine tiefe, etwas brüske Stimme. Mary fand, daß er ziemlich nervös war, denn ein- oder zweimal, als sie ihn ansprach, schrak er heftig zusammen, und er mußte sich Mühe geben, den Tee nicht zu verschütten, als er die Tasse gerade in der Hand hielt.

Nachdem sich die Gesellschaft zerstreut hatte, sprach Mary ihn an.

„Sie scheinen heute ein wenig geistesabwesend zu sein, Mr. Fane.“

„So, ist Ihnen das aufgefallen?“ Er versuchte zu lächeln, aber es gelang ihm nicht. „Es ist merkwürdig, daß die Gegenwart von Pfarrern mich immer ganz niedergeschlagen macht. Vielleicht meldet sich mein Gewissen, das ist sehr unangenehm.“

„Was haben Sie denn den ganzen Tag gemacht?“ fragte sie.

Das ging sie eigentlich nichts an, und sie erkundigte sich schließlich auch nur, um die Unterhaltung fortzuführen.

„Ich habe nach Gespenstern gejagt“, erwiderte er.

Als er aber bemerkte, wie bleich sie wurde, taten ihm seine Worte leid.

„Entschuldigen Sie vielmals, das hätte ich nicht so unvermittelt sagen sollen.“

Aber trotz alledem hatte er es ernst gemeint. Das wurde ihr ganz klar, als sie allein in ihrem Zimmer war und über Ferdie Fane nachdachte. Bestimmt hatte er den ganzen Tag damit zugebracht, die Geistererscheinung zu ergründen. Ob er selbst wohl der Mönch in der schwarzen Kutte war? Aber dann ließ sie den Gedanken sofort wieder fallen. Das konnte und wollte sie nicht glauben.

12

Die Dunkelheit brach herein, und mit ihr breitete sich eine Atmosphäre des Geheimnisvollen und Schrecklichen über Monkshall aus.

Plötzlich schrillte das Telefon in der einsamen Halle. Cotton tauchte aus einem dunklen Winkel auf und eilte ans Telefon. Als er den Hörer abhob, vernahm er Hallicks Stimme, was ihm nicht gerade angenehm war. Er konnte den Chefinspektor nicht leiden und fürchtete immer, daß der Polizeibeamter sich zu sehr für seine Vergangenheit interessieren könnte.

„Ich möchte mit Sergeant Dobie sprechen."

„Jawohl, ich werde ihn rufen."

Das war jedoch nicht nötig, denn als sich Cotton umdrehte, stand der Sergeant direkt hinter ihm.

„Werde ich verlangt?"

Cotton reichte ihm den Hörer.

„Jawohl."

„Was gibt es?" fragte Dobie, drehte sich dann um und gab Cotton ein Zeichen, daß er verschwinden solle. „Machen Sie schnell, daß Sie fortkommen", sagte er schließlich, als Cotton noch zögerte.

„Haben Sie etwas gefunden?" fragte Hallick.

„Nein, nichts Besonderes, nur noch eine zweite leere Patronenhülse – Sie selbst haben ja die andere gesehen, bevor Sie fuhren."

Es trat eine kleine Pause ein, bevor Hallick wieder sprach.

„Ich habe das Gefühl, daß sich heute abend etwas ereignen könnte. Haben Sie meine Privattelefonnummer ...? Gut, dann rufen Sie mich sofort an, wenn etwas Außergewöhnliches geschehen sollte. Scheuen Sie sich nicht, mich nach dort zu holen, selbst wenn sich die Sache später als harmlos herausstellen sollte. Ich kann spätestens eine Stunde nach dem Anruf bei Ihnen sein."

Als Mr. Goodman langsam in die Halle trat, legte Dobie den Hörer wieder auf. Der alte Herr trug seinen schwarzen Hausrock und hatte die Pfeife im Mund. Als Dobie zur Tür ging, rief ihm Goodman nach.

„Sie bleiben doch die Nacht hier im Haus, Mr. Dobie? ... Das ist wenigstens eine Beruhigung!“

„Sie scheinen ziemlich nervös zu sein“, meinte Dobie lächelnd.

„Ja, ich kann es ruhig zugeben, ich fühle mich ein wenig beunruhigt. Wenn mir vorher jemand gesagt hätte, daß ich nervös werden könnte, hätte ich ihn ausgelacht.“ Er zog seine Zigarrentasche heraus und hielt sie dem Sergeanten hin. Dobie nahm dankend eine duftende Havanna.

„Sie haben noch keinen neuen Anhaltspunkt gefunden?“ fragte Goodman und machte es sich auf dem Sofa bequem.

„Nein, nicht den geringsten.“

Goodman lachte.

„Und wenn Sie irgendeine Neuigkeit wüßten, würden Sie mir die doch nicht verraten. Ich kenne die Art der Beamten von Scotland Yard, und schließlich dürfen Sie ja auch nicht Ihr Herz auf der Zunge tragen, Haben Sie eigentlich entdeckt, wer gestern durch das Fenster in die Halle schoß? Ich frage nur deshalb, weil ich den ganzen Tag in der Stadt war. Zu meiner Enttäuschung hat sich während meiner Abwesenheit allem Anschein nach hier nichts ereignet?“

„Nein, den wilden Schützen haben wir nicht finden können.“

Keiner der beiden bemerkte, daß die Tür aufging und daß Mr. Partridge in die Halle schaute.

„Ich habe heute einen Besuch in Scotland Yard gemacht“, sagte Mr. Goodman. „Dort hatte ich eine Unterredung mit Mr. Hallick. Ich muß sagen, er ist wirklich sehr liebenswürdig.“

„Da haben Sie vollkommen recht“, stimmte Dobie ihm herzlich bei.

John Hallick war einer der wenigen höheren Beamten, die keine Feinde unter ihren Untergebenen haben. Der Dienst ging ihm über alles, und er erkannte jede Leistung an.

„Die ganze Lage hier ist ziemlich ungewöhnlich“, sagte Goodman nachdenklich. „Mir ist noch nie so etwas begegnet. Wissen Sie, ich habe mir mit der Zeit eine Theorie gebildet.“

„Sie machen wohl neuerdings Mrs. Elvery Konkurrenz?“ meinte Dobie gemütlich.

Goodman tat ein wenig beleidigt, fuhr dann aber unbeirrt fort.

„Als wir gestern morgen Connor hier tot in der Halle auffanden, mußte ich sofort an ein früheres Verbrechen denken – an die Beraubung des Goldtransports während des Krieges. Drei Leute waren in die Affäre verwickelt – O'Shea war der Führer der Bande, Marks und Connor arbeiteten mit ihm zusammen. Ich habe Mrs. Elvery absichtlich nichts darüber gesagt, sonst hätte sie mich gar nicht mehr in Ruhe gelassen. Aber ich interessiere mich auch für Verbrechen, und ich bin fest davon überzeugt, daß der ermordete Connor mit dem Goldraub etwas zu tun hatte.“

„Meinen Sie wirklich?“

Goodman lächelte.

„Sie bestärken mich nur in meiner Ansicht, weil Sie so unschuldig tun. Es war bestimmt derselbe Connor, der damals verurteilt wurde.“

„Haben Sie mit Mr. Hallick darüber gesprochen?“ fragte Dobie.

Goodman verneinte.

„Nun, Scotland Yard hat ohnehin bereits die Presse informiert, darum kann ich Ihnen ruhig verraten, daß Sie mit Ihrer Vermutung recht haben.“

„Hm." Goodman runzelte die Stirn. „Ich überlege mir nur, wie lange er im Gefängnis gesessen hat. Meiner Meinung nach kann er doch erst kürzlich entlassen worden sein?"

„Vor einem Monat. Er und Marks wurden kurz nacheinander entlassen."

Mr. Goodman strahlte.

„Ich wußte doch, daß ich recht hatte. Für Namen und Tatsachen habe ich ein sehr gutes Gedächtnis."

Dobie hatte eigentlich nichts mehr in der Halle zu tun, aber er blieb noch ein wenig.

„Sie werden doch wahrscheinlich nicht mehr lange hier in Monkshall wohnen?" fragte er. „Es ist doch gewöhnlich so, daß die Gäste fortziehen, wenn in einer Pension ein Mord passiert."

Goodman schüttelte den Kopf.

„Ich wüßte nicht, warum ich fortziehen sollte. Ich bin ein alter Junggeselle und hasse jede Veränderung. Vielleicht bin ich ein wenig gefühllos, aber mich hat die Geschichte weniger beunruhigt als die anderen."

Dann kam er wieder auf seine Theorie zurück.

„Nehmen wir einmal an, dieser Mord steht in Zusammenhang mit dem Raub des Goldtransports –"

Aber nun verhärteten sich die Züge des Sergeanten. Er zeigte sich nicht bereit, diese Angelegenheit mit Goodman zu besprechen, und er sagte das auch.

„Allerdings, Sie haben vollkommen recht", entschuldigte sich Goodman schnell. „Es tut mir leid, daß ich nicht darauf Rücksicht nahm."

„Nun, so schlimm ist es doch nicht“, entgegnete Dobie, und Goodman spürte, daß der Sergeant gern alles erzählt hätte, was er wußte. „Vielleicht sind Sie der Wahrheit näher, als Sie glauben.“

In diesem Augenblick wurden sie in ihrer Unterhaltung durch Mrs. Elvery und deren Tochter gestört, die in die Halle kamen. Mr. Partridge folgte ihnen und trug einen Wollknäuel.

Mrs. Elvery war nicht gerade sehr zurückhaltend. Sie zitterte vor Erregung, weil sie Goodman etwas Neues mitzuteilen hatte.

„Jetzt habe ich aber eine Überraschung für Sie!“

Goodman schloß resigniert das Buch, das er eben aufgeschlagen hatte.

„Wissen Sie auch, daß Mr. Partridge eine Autorität auf dem Gebiet des Spiritismus ist?“

„Und ich bin eine Autorität in der Zubereitung guten Kaffees“, entgegnete er mißmutig und nahm eine Tasse von dem Tablett, das Cotton eben hereinbrachte. „Wenn Sie hier guten Kaffee zu trinken bekommen, so haben Sie das nur mir zu verdanken. Ich habe das der Köchin erst mühsam beigebracht, und es hat einige Jahre gedauert, bis sie es richtig begriffen hat. Jetzt schmeckt der Kaffee wenigstens nicht mehr wie Spülwasser. Und nun kommen Sie ausgerechnet mit Spiritismus! Davon will ich nichts wissen.“

Mr. Partridge entschuldigte sich sofort.

„Sie haben aber auch etwas übertrieben“, wandte er sich an Mrs. Elvery. „Ich habe mich zwar mit Spiritismus beschäftigt, aber doch nur als Laie. Eine Autorität bin ich auf diesem Gebiet keineswegs.“

„Dann haben Sie also nichts dagegen, wenn es hier im Hause spukt?“ fragte Goodman lächelnd.

Der Pfarrer sah ihn halb vorwurfsvoll an und nahm dann ebenfalls eine Tasse von dem Tablett, das ihm Cotton reichte.

Mary kam ins Zimmer, als Mr. Partridge gerade ausführlich über die Ermordung Connors sprach.

„Ich begreife wohl, wie schrecklich es für Sie alle gewesen sein muß, daß Sie unmittelbare Zeugen dieses furchtbaren Verbrechens waren –“

Veronika schaute aus dem Fenster, wurde blaß und sprang auf.

„Ich habe ein Gesicht am Fenster gesehen!“ rief sie atemlos.

„Ziehen Sie doch die Vorhänge zu“, riet Goodman.

Ein paar Minuten später kam Fane ins Zimmer, und Mary sah, daß Regentropfen an seinem Mantel hingen.

„Sie sind ausgewesen?“

„Ja, ich habe mich im Park umhergetrieben“, entgegnete er.

Mary glaubte, daß er wieder getrunken hatte. Er sprach langsam und schleppend, und er schien auch nicht ganz sicher auf den Füßen zu stehen.

„Haben Sie den Mönch gesehen?“ fragte Veronika.

Ferdie grinste.

„Wenn das der Fall gewesen wäre, hätte ich Mr. Partridge gerufen, um den Geist zu beschwören.“

Der Pfarrer sah ihn vorwurfsvoll an.

„Es ist alles so entsetzlich! Natürlich habe ich auch von der Tragödie gehört, die sich in der vergangenen Nacht hier abgespielt hat.“

„Bitte, sprechen Sie nicht mehr darüber. Gibt es denn gar kein anderes Thema?“ fragte Veronika.

„Aber es ist doch entsetzlich und grausam, wenn ein Mensch mitten in der Blüte seiner Jahre von hinnen muß“, predigte Partridge salbungsvoll. „Ich muß sagen, daß auch mich ein kalter Schauer überkam, als ich die Einzelheiten dieses grauenvollen Verbrechens hörte. Und soviel ich weiß, hat man noch nicht einmal den Namen des Toten feststellen können?“

Er nahm einen Schluck aus seiner Tasse.

„Da irren Sie sich. Wir kennen den Namen sehr wohl“, entgegnete Fane. „Ich wundere mich nur, daß Sie ihn noch nicht wissen.“

Ihre Blicke trafen sich.

„Der Name des Toten“, sagte Fane mit besonderem Nachdruck, „war Connor – Joe Connor.“

Die Tasse entfiel der Hand des Pfarrers und zerschellte auf dem Parkettfußboden. In seinem Gesicht zeigte sich größte Bestürzung.

„Connor“, wiederholte er leise. „Joe Connor!“

Ferdie beobachtete ihn scharf, dann nickte er.

„Haben Sie den Mann gekannt?“

„Ich – ich habe schon von ihm gehört.“

Mr. Partridge fiel das Sprechen schwer.

„Joe Connor!“ sagte er noch einmal. Kurz darauf verließ er das Zimmer.

Mary, die Partridge aufmerksam beobachtet hatte, war darüber erstaunt. Sie fragte sich, ob Goodman von dem Vorgefallenen überhaupt etwas gemerkt hatte. Er hatte sich die ganze Zeit angeregt mit Mrs. Elvery unterhalten. Als sie zu ihm trat, sprach er darüber mit ihr.

„Mrs. Elvery war heute abend ausnahmsweise interessant. Sie zeigte mir ihre Sammlung von Zeitungsausschnitten, die sie in ein Buch geklebt hat, besonders das Kapitel über Connor. Es besteht gar kein Zweifel, daß der Ermordete derselbe war, der damals mit dem Goldraub zu tun. hatte. Ich habe ein Bild von ihm in Mrs. Elverys Sammlung gesehen. Ich sah auch noch eine andere Aufnahme, die mich sehr interessierte. – Haben Sie Mr. Fane schon einmal getroffen, bevor er nach Monkshall kam?"

„War es etwa eine Fotografie von Mr. Fane?" fragte sie.

Er zögerte ein wenig, dann sagte er: „Ja, ich glaube, – Ich habe ein paar Nachforschungen angestellt, und ich bin ziemlich sicher, daß Mr. Fane nicht das ist, was er hier vorgibt. – Aber ich bitte Sie, ihm das unter keinen Umständen zu erzählen."

Sie war erstaunt über die Eindringlichkeit, mit der er sprach, und lachte.

„Selbstverständlich werde ich das nicht tun."

„Mary!" Er sah über die Schulter und überzeugte sich, daß die anderen nicht zu ihnen herübersahen. „Mary, mein liebes Kind, warum wollen Sie diesen Platz nicht verlassen und nach London gehen?"

„Es ist merkwürdig, daß Sie die Frage an mich stellen", entgegnete sie lächelnd. „Genau dasselbe hat Mr. Fane mich gefragt."

„Der hat es aus einem anderen Grund getan", fuhr er fort, und seine sonst so milde Stimme klang ungewöhnlich hart und rauh. „Ich sage es Ihnen, weil – nun ja, weil ich Sie gern habe. Glauben Sie nicht, daß ich sentimental werde. Trotz des Altersunterschieds liebe ich Sie, wie ich noch nie eine Frau geliebt habe."

Sie war auf diese plötzliche Liebeserklärung nicht gefaßt und sah ihn erstaunt an.

„Überlegen Sie sich gut, was ich Ihnen gesagt habe. Und wenn Sie ›nein‹ sagen sollten – nun, dann kann ich es schließlich verstehen."

Sie war froh, daß Cotton hereinkam und ihr sagte, daß ihr Vater sie in seinem Arbeitszimmer sprechen wolle. Und sie ging auch nicht wieder in die Halle zurück, bis Cotton im Zimmer ihres Vaters erschien und fragte, ob er das Haus abschließen solle.

„Bis auf Mr. Fane haben sich alle Gäste zurückgezogen", sagte er. „Ich habe den Eindruck, daß er noch auf Sie wartet, Miss Mary."

„Warum tut er das?" fragte Redmayne unangenehm berührt.

Cotton wußte es nicht.

Er hatte aber richtig vermutet. Ferdie Fane saß auf dem Sofa und hoffte, daß Mary zurückkehren würde. Er wollte ihr etwas Bestimmtes sagen, wollte sie dringend warnen. Als er hörte, daß sich die Tür öffnete, wandte er sich schnell um. Aber nicht Mary trat ein, sondern Mr. Partridge.

„Ach, verzeihen Sie", sagte der Pfarrer, der sich wieder gefaßt hätte, „ich habe hier ein Buch liegenlassen."

Fane erwiderte nichts, bis sich der Pfarrer anschickte, die Halle wieder zu verlassen.

„Die Geschichte mit Connor hat Ihnen einen kleinen Schock versetzt, nicht wahr, Mr. Partridge?"

„Wieso?" Partridge runzelte die Stirn. „Natürlich war ich traurig, als ich von dem Tod dieses armen Mannes hörte."

Fane grinste.

„Cotton war noch trauriger darüber, denn er mußte die Scherben Ihrer Tasse vom Boden aufsammeln. Würden Sie nicht einen Augenblick Platz nehmen?“

Der Pfarrer setzte sich neben Ferdie auf das Sofa.

„Welch schreckliches Schicksal doch den armen Connor ereilt hat“, sagte er halb zu sich selbst.

„Connor war eben ziemlich verrückt“, entgegnete Fane kühl. „Er war nicht so klug wie sein Kumpan.“

„Wen meinen Sie denn?“ fragte Mr. Partridge erstaunt.

„Ich meine Marks – haben Sie nie etwas von dem gehört? Er war der beste Mann O'Sheas. Kennen Sie den vielleicht auch nicht? Ich möchte wetten, daß Sie ihn nicht nur vom Hörensagen kennen, und wenn Sie ihn noch nicht wiedererkannt haben sollten, dann werden Sie sehr bald erfahren, wer er ist.“

Der Pfarrer schüttelte den Kopf.

„Von dem, was Sie da sagen, verstehe ich kein Wort. Wen sollte ich wiedererkennen?“

„Marks war ein ziemlich kluger Kopf“, fuhr Fane fort, „und ich möchte ihm wenigstens eine Chance geben.“

Plötzlich packte er den Pfarrer an seinen weißen Haaren, zerrte daran und hatte im nächsten Augenblick die Perücke in der Hand.

„Sie sind Marks!“

Der andere sprang auf. „Was, zum Teufel –“

Fane sah ihn unbarmherzig an.

„Machen Sie sich aus dem Staub, solange Sie noch können“, sagte er hart. „Ich warne Sie, wie ich Connor gewarnt habe. Sie fordern das Schicksal heraus, und Sie werden ihm nicht entrinnen können!“ “Das ist meine Sache. Ich lasse mich nicht von Ihnen beeinflussen.“

Ferdie Fane nickte.

„Ich dachte mir schon, daß Sie meine Warnung in den Wind schlagen würden. Sie sind immer noch so selbstbewußt wie früher!“

„Mich können Sie nicht erschrecken“, entgegnete Marks und atmete schwer. „Sie wissen, warum ich hergekommen bin. Ich will meinen Anteil an der Beute, und ich gehe nicht eher, als bis ich ihn habe!“

„Gut, dann werden Sie eben als Toter hier hinausgetragen werden“, erwiderte Fane düster.

„Glauben Sie? Sie scheinen ja in die Zukunft sehen zu können. Aber ich will Ihnen etwas sagen. Ich erkannte Sie im selben Augenblick, als Sie mir gegenüber Connors Namen erwähnten. Es ist auch noch jemand anders hier im Haus, der Sie erkannt hat – der alte Goodman. Glauben Sie mir, der läßt nicht mit sich spaßen, dazu ist er zu weit in der Welt herumgekommen. Ich habe einen Blick aufgefangen, den er Ihnen zuwarf.“ Fane war überrascht.

„Was sagen Sie da von Goodman? Sie sind ja glatt verrückt.“

„So, verrückt bin ich auch noch? Ich war heute nachmittag im Dorf und habe ihn beobachtet, wie er vom Postamt aus nach London telefonierte. Er hat sich nach Ihnen erkundigt. Übrigens war Miss Redmayne auch dort. Da staunen Sie wohl? Was werden Sie jetzt machen? Wollen Sie Goodman aus dem Weg räumen? Ich kenne Ihre Methoden – und ich weiß auch, daß Sie den Trick, als Betrunkener in der Gegend herumzulungern, schon früher angewandt haben.“

Fane hatte sich von seinem ersten Schrecken erholt.

„Ob er weiß, wer ich bin oder nicht, ist im Augenblick gleich. Auf jeden Fall habe ich Sie gewarnt“, sagte er streng. „Und wenn Sie meinen Rat nicht befolgen, geht es Ihnen genau wie Connor.“

Marks ging zur Tür.

„Sie haben mich allerdings deutlich genug gewarnt“, sagte er. „Aber der Mann, der mich schnappen will, muß sich beeilen.“

Im nächsten Augenblick trat er hinter die Portiere, öffnete die Glastür zum Park und trat in die Nacht hinaus.

Fane wartete einige Zeit. Dann hörte er Schritte in der Halle und ging durch eine andere Tür hinaus, die ebenfalls auf den Rasen führte.

Er sah, wie sich die Tür langsam öffnete. Mr. Goodman trat herein. Er sprach mit sich selbst, während seine Blicke von einem Tisch zum anderen wanderten. Er suchte seine Pfeife. Nach einer Weile fand er sie, steckte sie in die Tasche und ging langsam zur Tür zurück. Ais er etwas am Boden liegen sah, bückte er sich und hob es auf; es war die Perücke, die Marks hatte fallen lassen. Lange sah er darauf, dann spürte er plötzlich den kalten Luftzug, der durch die offene Glastür hereinströmte, und er trat auf die Portiere vor der Tür.

Er wollte die Portiere gerade zurückziehen, als er plötzlich von zwei Händen an der Kehle gepackt und in die Nische gezogen wurde.

Mary hatte sich bereits halb entkleidet, als sie auf den Kampf aufmerksam wurde, der unten ausgefochten wurde. Plötzlich hörte sie einen Schrei, schlüpfte in ihren Morgenrock und eilte die Treppe hinunter. Als sie die Tür aufstieß, lag der Raum in Dunkelheit wie vorher.

„All right“, sagte eine Stimme, dann leuchtete plötzlich das Licht auf.

Ferdie Fane stand neben dem Fenster. Seine Kleider und sein Haar waren zerzaust.

„Wo ist Mr. Goodman?“ fragte sie atemlos. „Ich hörte seine Stimme – wo ist er geblieben?“

„Ich habe nicht die leiseste Ahnung“, entgegnete Fane.

Sie entdeckte eine Blutspur auf seinem weißen Frackhemd ... Als sie bewußtlos zu Boden sank, fing er sie in seinen Armen auf, und auch ihr Kimono wurde von Blut befleckt.

13

Um halb drei Uhr morgens waren alle Bewohner von Monkshall wach. Vor dem Haustor stand der mit Schmutz bedeckte Dienstwagen des Chefinspektors Hallick. Die Teppiche in der großen Halle und in anderen Räumen waren aufgerollt, weil man nach verborgenen Falltüren suchte. Mrs. Elvery saß schläfrig in ihrem auffälligen roten Morgenrock in einem Polstersessel. Als Hallick von einer Durchsuchung des Parks zurückkam, war sie eingenickt und schnarchte.

„Folgen Sie meinem Rat und gehen Sie zu Bett“, sagte er, als er sie weckte. „Es ist fast drei Uhr.“

Sie blinzelte und begann leise zu weinen.

„Der arme Mr. Goodman! Er war ein so netter Herr, selbst für einen Junggesellen. Nun wird es ganz still werden hier im Haus.“

„Wir wissen doch gar nicht genau, ob er tot ist“, erwiderte Hallick unwirsch.

„Aber es waren doch Blutspuren auf dem Fußboden!“ Sie schluchzte aufs neue. „Und Mr. Partridge, haben Sie ihn gefunden?“

„Der gute Mr. Partridge“, sagte Mr. Hallick gereizt, „ist auf dem Weg nach London. Um den brauchen Sie sich nicht zu kümmern. Übrigens ist er ein alter Zuchthäusler und heißt Marks.“

Plötzlich wurde Mrs. Elvery ganz wach und lebendig.

„Haben Sie schon Cotton verhört? Der hat sich am vergangenen Abend sehr merkwürdig benommen. Zweimal war er unten im Keller, und als er das zweite Mal die Treppe heraufkam, waren seine Hosen mit Staub bedeckt – wissen Sie, weshalb?“

„Das will ich gar nicht wissen“, erklärte Hallick gelangweilt.

„Der sucht nach dem Goldschatz, der hier im Hause versteckt liegt. Ja, da staunen Sie, Inspektor!“

„Ihrer Meinung nach liegt also der Goldschatz hier im Hause versteckt? Sie bringen die Geschichte von O'Shea mit den Vorfällen der letzten Tage in Verbindung? Woher haben Sie denn diese Weisheit?“

„Aus meinen Zeitungsausschnitten“, entgegnete Mrs. Elvery triumphierend.

„Ich möchte Sie jetzt aber wirklich bitten, zu Bett zu gehen“, sagte Hallick, und es gelang ihm endlich, sie zum Verlassen des Zimmers zu bewegen.

Sein Assistent, Sergeant Dobie, hatte sich eine Theorie gebildet, und um sie zu prüfen, mußten weitere Nachforschungen angestellt werden. Als die beiden allein waren, erklärte Dobie seine Ansicht.

„Redmayne? Nein, der kommt als Täter gar nicht in Frage! Warum sollte er ...“

„Das wollte ich Ihnen auch gar nicht sagen“, erwiderte Dobie. „Redmayne ist vollständig bankrott. Er hat eine beträchtliche Summe von Goodman geliehen. Als Goodman verschwand, war es.

das erste, daß er in das Zimmer des alten Mannes ging, einen Koffer öffnete und einen Schuldschein daraus entwendete. Sehen Sie, hier ist er."

Hallick betrachtete das Papier nachdenklich.

„Rufen Sie Redmayne her."

Bald darauf kam der Colonel mit unsicheren Schritten in die Halle.

„Ich möchte ein paar Fragen an Sie stellen", sagte Hallick barsch.

„Es wird mir bald zuviel, immer wieder neue Fragen beantworten zu müssen", sagte er unwillig.

„Das ist schon möglich", erwiderte Hallick ironisch. „Wir haben hier ein Gespenst in Monkshall." Er zog den Schuldschein aus der Tasche und hielt ihn dem Colonel hin. „Ist das etwa das Geheimnis, weswegen all diese seltsamen Dinge im Hause passieren? Klären sich damit die Spukgeschichten auf?"

„Das ist ein Schein über Geld, das ich mir borgen mußte", erklärte Redmayne leise.

Hallick nickte.

„Vor zehn Jahren waren Sie Sekretär und Schatzmeister beim Roten Kreuz. Unerwartet wurde eines Tages die Kasse revidiert, wobei sich herausstellte, daß eine größere Summe fehlte. Ihre Verhaftung stand nahe bevor, als Sie plötzlich das Geld ersetzten – Sie haben es sich von Goodman geliehen?"

„Ja."

„Vor ein oder zwei Stunden haben Sie Goodmans Papiere durchsucht. Suchten Sie nach diesem Schuldschein?"

„Ich lasse mich von. Ihnen nicht verhören“, sagte Redmayne und raffte sich auf. „Sie haben kein Recht, mich über meine Privatangelegenheiten auszufragen.“

„Colonel Redmayne“, entgegnete der Chefinspektor ruhig, „in der vorigen Nacht wurde ein Mann in Ihrem Haus ermordet, heute abend ist einer Ihrer Gäste unter merkwürdigen Umständen verschwunden, die daran denken lassen, daß auch er ermordet wurde. Ich habe also wohl das Recht, Fragen an Sie zu richten. Ich habe sogar das Recht, Sie zu verhaften, wenn Sie sich nicht anders verhalten.“

„Gut, dann verhaften Sie mich“, erwiderte der Colonel etwas unsicher.

„Nehmen Sie doch Vernunft an!“ sagte Hallick unwirsch. „Hier im Haus hält sich jemand auf, den bisher niemand gesehen hat, jemand, den Sie verbergen und beschützen!“

„Wen meinen Sie?“ fragte Redmayne unruhig.

„Meiner Meinung nach ist diese Anleihe bei Goodman nur vorgetäuscht worden. Zu der Zeit, als Sie das Geld borgten, standen Ihnen große Summen zur Verfügung. Sie haben dieses Haus gekauft, um einen Verbrecher zu beherbergen, gegen den Haftbefehl erlassen worden war – Leonard O'Shea.“

„Das ist eine Lüge!“ stieß Redmayne heiser hervor.

„Dann will ich Ihnen noch etwas sagen. Irgendwo in diesem Hause liegt das Gold, das seinerzeit mit der ›Aritania‹ von Australien nach England gebracht wurde und auf dem Transport nach London verschwand. Und irgendwo in den Kellerräumen verbirgt sich ein halb Wahnsinniger.“

Der Colonel taumelte zurück.

„Ich habe alles getan, was ich tun konnte, um ihn fernzuhalten. Glauben Sie denn, daß ich ihn hier haben wollte ...“

„Wir werden bald Klarheit in die Sache bringen.“

Hallick gab Dobie ein Zeichen, und der Sergeant führte den Colonel in sein Arbeitszimmer zurück, ohne daß dieser Widerstand leistete. Hallick folgte, und als die Tür hinter ihnen zufiel, kam Mr. Fane hinter den geschlossenen Vorhängen hervor. Er hatte die Kleider gewechselt und trug nun einen Golfanzug.

Er ging zum Fenster zurück und rief vorsichtig jemanden im Garten. Gleich darauf trat Mary aus der Dunkelheit.

„Es ist niemand hier, Sie können ruhig hereinkommen. Die Leute brauchen ja nicht unbedingt zu erfahren, daß Sie allein mit mir im Park spazierengingen.“

Sie zog ihren Regenmantel aus und ließ sich müde in einem Sessel nieder.

„Die Nacht ist so unheimlich, und doch fühlte ich mich da draußen in Ihrer Begleitung sicherer als hier im Haus.“

„Ich fühle mich im Augenblick nirgends recht sicher“, entgegnete Ferdie. „Ich werde hier schlafen – wo ist eigentlich Cotton?“

„Was wollen Sie denn von ihm?“

„Ich möchte noch etwas zu trinken haben“, sagte er und klingelte.

Cotton trat sofort ein, er mußte draußen vor der Tür gestanden haben. Sein Zeug war naß, und seine Stiefel waren schmutzig.

„Hallo!“ Fane betrachtete ihn eingehend. „Sind Sie draußen im Park umhergeschlichen?“

„Ich habe mich nur etwas umsehen wollen. Das schadet doch niemandem.“ Die Stimme des Butlers zitterte ein wenig.

„Sie waren wohl bei den Kriminalbeamten?“ wandte sich Mary an Cotton. „Wie weit ist denn die Untersuchung fortgeschritten?“

Fane lachte leicht.

„Ich will wissen, ob die Beamten irgend etwas herausgefunden haben“, sagte sie ungeduldig.

„Ich kann Ihnen verraten, was die vermuten“, erwiderte Fane und sah sie fest an. „Die Polizei nimmt an, daß Mr. Goodman in diesem Raum ermordet wurde. Eine etwas sonderbare Auffassung – meinen Sie nicht auch?“ Sie schauderte zusammen.

„Und die Beamten glauben auch, daß der Pfarrer nicht mehr am Leben ist. Ich hörte, wie der Sergeant dem Chefinspektor gegenüber diese Ansicht vertrat. Seiner Meinung nach muß Partridge hier ins Zimmer gekommen sein, während Goodman mit dem geheimnisvollen Mönch kämpfte, und der Unheimliche hat die beiden umgebracht.“

„Wer ist denn der Unheimliche?“

„So nennen sie diesen Mann“, mischte sich Cotton ein, „der in der schwarzen Mönchskutte herumläuft. Sie sagen, daß er jeden Tag zwei Stunden wahnsinnig ist. Es ist auch etwas Sonderbares, wenn man sich vorstellt, daß hier im Hause ein Wahnsinniger umherspukt und daß niemand weiß, wer es ist. Sie können in den Verdacht kommen, Mr. Fane, und ich auch.“

„Dann ist es wahrscheinlicher, daß Sie es sind“, entgegnete Fane scharf. „Bringen Sie mir eine halbe Flasche Sekt.“

Mary wartete, bis Cotton die Halle verlassen hatte.

„Mr. Fane – was ist mit Goodman geschehen?“ fragte sie dann.

Er antwortete ihr erst, nachdem Cotton Glas und Flasche gebracht hatte und wieder gegangen war.

„Das ist wenigstens ein anständiger Tropfen“, meinte er und goß den schäumenden Sekt ein. „Das wird mir guttun. Ich habe ziemliche Kopfschmerzen.“

„Ich wünschte nur, Sie bekämen einmal solche Kopfschmerzen, daß Sie nicht wieder daran dächten, zu trinken“, erwiderte sie hitzig.

„Dann wollten Sie wohl am liebsten, daß ich tot wäre?“

Sie war sehr unzufrieden mit ihm; sie hatte gehofft, daß er ihr in dieser schweren Zeit eine Hilfe sein konnte.

Dann kam ihr ein Gedanke. „Was meinten Sie eigentlich, als Sie sagten, das wäre ein anständiger Tropfen?“

„Sehen Sie, nun verstehen wir uns schon besser. Das ist der erste Tropfen Wein in dieser Woche, ich kann Ihnen versichern, daß ich ziemlich nüchtern bin und fast keinen Alkohol trinke.“

Hatte er diese Worte tatsächlich im Ernst gesprochen? Hatte er seine Trunkenheit nur vorgetäuscht?

„Was geschah heute abend, als ich Sie hier in diesem Zimmer traf? Es hatte doch ein Kampf stattgefunden.“

Er schüttelte den Kopf und sagte scherzhaft: „Ich weiß es nicht. Irgend jemand schlug mir mit der Faust unter das Kinn. Daraus schloß ich, daß der Mann nicht mein Freund war.“

Aber dann wurde er plötzlich ernst.

„Würden Sie es tatsächlich gern sehen, wenn – wenn ich Ihnen helfen und für Sie sorgen würde?“

„Ich weiß nicht, was Sie meinen“, entgegnete sie, obgleich sie ahnte, worauf er hinaus wollte.

„Ich meine, Sie brauchen jemanden, der Sie beschützt.“

Er war näher an sie herangetreten.

„Glauben Sie denn, daß Sie überhaupt jemanden beschützen können?“ erwiderte sie. Im nächsten Augenblick bedauerte sie ihre Äußerung, denn sie wußte, daß sie damit seine nächste Frage herausgefordert hatte.

„Wissen Sie denn nicht, Mary, daß ich sehr viel für Sie tue? Sehen Sie denn nicht ...“

„Sie sollen mich nicht Mary nennen.“

„Aber wenn Sie doch so heißen? Sie können ruhig Ferdie zu mir sagen, wenn Sie wollen.“

„Nein, nicht – wenigstens jetzt nicht“, entgegnete sie ein wenig atemlos.

„Hat Goodman Ihnen nicht gesagt, daß er Sie sehr gern mag?“

Sie nickte.

„Der arme Mr. Goodman! Ja, er hat mich geliebt, und ich mochte ihn auch gern.“

Sie blickte sich plötzlich um, und er sah, daß sie Angst hatte.

„Was gibt es denn?“ fragte er schnell.

„Ich weiß es nicht, aber ich habe das schreckliche Gefühl, als ob uns jemand belauscht. Und ich wünschte, daß sich der Betreffende bemerkbar machte. Dann wüßte man wenigstens, woran man ist.“

„Erwarten Sie jemanden?“ fragte er überrascht.

„Ja, es soll noch ein Beamter von Scotland Yard kommen. Mrs. Elvery nannte ihn den großen Bradley.“

„Der arme Kerl!“ sagte er und lachte. „Welchen Zweck hat es denn, den herzubringen? Ich bin tüchtiger als tausend Detektive, und mit O'Shea nehme ich es auch noch auf.“ Er lachte sonderbar. „O'Shea, das ist ein Kerl!“

Sie trat einen Schritt von ihm zurück.

„Von dem habe ich gehört“, sagte sie langsam. „Wie sieht er denn aus?“

Er lachte aufs neue.

„Etwa so wie ich – nur nicht so hübsch.“

Sie nickte, aber ihre Stimme klang jetzt nur noch wie ein Flüstern.

„Sie wissen nur zu gut, wer O'Shea ist“, sagte sie. „Als Sie gestern draußen im Park mit Connor sprachen, stand ich am Fenster und hörte, wie Sie ihm drohten.“

Er schwieg eine Weile.

„Ich habe ihn gewarnt“, sagte er schließlich.

Und als ob er der Unterredung ein Ende machen wollte, schob er einen Sessel so hin, daß dieser der Wand zugekehrt war. Dann nahm er einen Wandschirm, der in einer Ecke stand, und stellte ihn hinter den Sessel.

„Was wollen Sie denn?“

„Ich will jetzt schlafen“, entgegnete er kurz.

„Aber warum stellen Sie den Sessel denn dorthin?“ fragte sie erstaunt.

„Hier ist die alte Tür, die die Mönche immer benutzten“, entgegnete er. lächelnd. „Wenn irgendein Geist in einer schwarzen Kutte erscheint, muß er durch diese Tür kommen.“

Hallick kehrte in diesem Augenblick mit Mr. Redmayne zurück.

„Zum Teufel, was machen Sie denn hier?“ fuhr er Fane an.

Der hatte eine Decke vom Sofa genommen, die Mrs. Elvery zurückgelassen hatte, und deckte sich damit zu.

„Ich will schlafen.“

„Das ist hier aber nicht der richtige Platz. Gehen Sie auf Ihr Zimmer“, sagte Redmayne unfreundlich.

„Lassen Sie ihn ruhig hier“, legte sich Hallick ins Mittel, der sehr nachsichtig gegen Fane zu sein schien.

Der Chefinspektor fühlte einen Lufthauch und zog die Vorhänge zurück. Die Glastür dahinter stand offen.

„Schließen Sie die Tür, wenn wir hinausgegangen sind, Miss Redmayne, und öffnen Sie die Tür nur, wenn Sie die Stimme Ihres Vaters erkennen. Wir gehen jetzt in den Park.“

„Es wäre besser, wenn du auf dein Zimmer gingst“, sagte der Colonel, aber Hallick schüttelte den Kopf.

„Ich will hier warten“, sagte Mary.

„Aber Liebling ...“

„Lassen Sie sie nur ruhig hier“, meinte Hallick. „Mr. Fane wird ihr nichts zuleide tun.“

Inzwischen hatte sich Ferdie bequem in den Sessel zurückgelehnt. Er glaubte, daß Mary den Raum verlassen hatte, aber in Wirklichkeit war sie noch dort. Sie schlich sich auf Zehenspitzen herbei und sah um die Ecke des Wandschirms. Als sie bemerkte, daß er die Augen geschlossen hatte, drehte sie alle Lichter aus, mit Ausnahme einer Lampe. Dann ging sie leise zur Tür und öffnete. Sie drehte sich noch einmal um und sah zu Ferdie hinüber. So bemerkte sie nicht, daß plötzlich ein Mann in der Türöffnung erschien und dicht hinter ihr stand. Es war eine große Gestalt – von Kopf bis Fuß in eine schwarze Kutte gekleidet. Auch das Gesicht war von der großen Kapuze bedeckt, nur zwei runde Öffnungen jm Stoff machten es dem Mann möglich, hindurchzusehen. Sie ahnte nichts von der Gefahr, plötzlich wurde sie von zwei starken Armen gepackt. Eine große Hand legte sich auf ihren Mund.

Starr vor Schrecken erkannte sie die Mönchsgestalt. Im nächsten Moment verlor sie die Besinnung.

Ohne weiter ein Geräusch zu machen, zog der Mann sie in den Flur, schloß die Tür leise hinter sich und trug sie davon. Er ging an der Tür ihres Vaters vorbei und verschwand in einem kleinen Zimmer, das als Abstellraum benutzt wurde. Dort öffnete er eine Falltür, legte das bewußtlose Mädchen über die Schulter und stieg die steinerne Treppe hinab. Dann ließ er sie zu Boden gleiten, um die Falltür wieder zu schließen.

14

Hallick und Redmayne fragten die Posten, die im Park aufgestellt worden waren, aber keiner der Beamten hatte die geheimnisvolle Erscheinung eines Mönchs gesehen. Ebensowenig hatten sie bis jetzt eine Spur von Goodman und Marks gefunden.

„Marks wird jetzt schon in London sein", sagte Hallick, als sie über den feuchten Rasen gingen. „Den werden wir bald gefunden haben."

„Warum ist der überhaupt hierhergekommen?"

„Er suchte das Gold, das hier versteckt ist – den Schatz Ihres Freundes O'Shea, der ihn irgendwo hier in den Kellergewölben untergebracht hat. Ich werde O'Shea noch in dieser Nacht verhaften, und ich kann Ihnen nur den Rat geben, Colonel uns nicht in den Weg zu kommen. Ich habe so eine Ahnung, daß es gefährlich werden könnte. Nehmen Sie Ihre Tochter mit nach London. Ich stelle Ihnen gern einen Polizeiwagen zur Verfügung."

„Aber sie wird nicht mitkommen wollen. Wie soll ich ihr das alles so plötzlich erklären?“

„Das brauchen Sie ihr nicht so genau zu erklären“, entgegnete Hallick kurz, „Sagen Sie ihr doch die Wahrheit, oder warten Sie meinetwegen, bis die Sache zur Gerichtsverhandlung kommt. Meiner Meinung nach hat O'Shea Ihnen das Geld gegeben, daß Sie Monkshall kaufen konnten.“

„Nein, das stimmt nicht. Er hat es schon vor dem Überfall auf den Goldtransport gekauft“, erwiderte der Colonel „Ich befand mich damals in, einer verdammt ungemütlichen Situation. Jeden Augenblick fürchtete ich, daß man mich verhaften würde. Wie O'Shea von meiner Lage erfahren hat, weiß ich nicht. Ich hatte früher niemals etwas von dem Mann gehört. Als er mir aber anbot, Geld zu leihen, und mir ein festes Einkommen und einen prächtigen Wohnsitz in Aussicht stellte, habe ich natürlich nicht nein gesagt. Ich bin ja eigentlich ein Arzt, und als er mir dann erklärte, daß er diese Anfälle habe, glaubte ich ihm helfen zu können. Ich wußte damals nicht, daß er O'Shea war. Das habe ich erst vor etwa einem Jahr erfahren.“

Eine Weile gingen sie schweigend nebeneinander her. „Sind nicht früher einmal drei Leute hier gewesen?“ fragte Hallick dann und nannte die Namen der vermißten Beamten von Scotland Yard. “So? Die kamen vom Yard?“ Der Colonel nickte. „Ja, die waren ein oder zwei Tage hier und verschwanden dann, ohne ihre Rechnungen zu bezahlen.“

„Sie sind hier ermordet worden.“ Hallicks Stimme klang hart und grimmig. „Und O'Shea ist der Mörder – wenn sie nur soviel Verstand gehabt hätten, mir anzuvertrauen, was sie wußten, dann hätte ich sie retten können. Aber sie wollten den Ruhm für sich allein, O'Shea entdeckt zu haben, und das war ihr Verderben.“

„Was, O'Shea hat die Beamten hier im Haus umgebracht?“ fragte Redmayne bestürzt.

Inzwischen waren sie wieder beim Haus angelangt, und Hallick klopfte leise an die Glastür. Aber es meldete sich niemand. Auch als er aufs neue klopfte, erhielt er keine Antwort.

„Ich glaube, wir gehen besser zur Haustür und klingeln Cotton.“

Es dauerte lange, bis dieser die Tür öffnete.

„Wo ist Miss Redmayne?“ fragte Hallick.

„Ich habe sie nicht gesehen. Aber hier im Sessel schläft jemand er hat sich eine Decke übergezogen. Ich bekam einen schönen Schrecken, als ich hinter den Wandschirm guckte.“

„Das ist Fane, lassen Sie den in Ruhe.“

Hallick knipste alle Lampen an.

Er hatte das eigentümliche Gefühl, daß sich etwas Schreckliches ereignen würde.

„Suchen Sie vor allem Ihre Tochter“, sagte er zum Colonel.

Redmayne verließ den Raum, und gleich darauf hörte der Chefinspektor ihn im darüberliegenden Zimmer. Fünf Minuten später kam der Colonel bleich und zitternd zurück.

„Sie ist nicht in ihrem Zimmer. Ich glaube auch nicht, daß sie sich im Haus aufhält. Ich habe überall nachgesehen.“

„Wissen Sie nicht, wo Miss Redmayne ist, Cotton?“

„Nein.“

„Was ist denn das?“ sagte Hallick plötzlich und nahm etwas vom Boden auf. Es war ein Gürtel. Die beiden sahen sich bestürzt an.

„Dann ist er hiergewesen – das war der Mönch!" sagte Redmayne entsetzt.

Hallick nahm den Wandschirm fort und zog den Sessel zur Seite.

„Fane, wachen Sie auf – Miss Redmayne ist verschwunden." Er zog die Decke zur Seite, die das Gesicht des Schläfers bedeckte und stieß einen Fluch aus, denn der Mann, der in dem Sessel lag, war nicht Fane, sondern Marks. Und Marks war tot.

15

Als Mary wieder zu sich kam, fühlte sie sich tief unglücklich. Sie lag auf harten, kalten Steinen, und als sie aufblickte, bemerkte sie eine blaßblaue Laterne, die von einer gewölbten Decke herabhing. Gleich darauf hörte sie Musik – tiefe Orgeltöne. Sie setzte sich auf und sah sich in dem Raum um. Sie befand sich in einer kleinen Kapelle. In einer dunklen Nische stand ein Altar, und im Hintergrund war eine kleine Orgel zu sehen, an der ein Mönch in einer schwarzen Kutte saß. Er hörte, daß sie sich bewegte, schaute sich um und kam dann leise auf sie zu. Vor Furcht und Entsetzen konnte sie sich kaum rühren.

„Fürchte dich nicht", flüsterte er. „Du brauchst keine Angst zu haben."

Die Stimme klang gedämpft hinter der Kapuze, die sein Gesicht verbarg.

„Wer sind Sie denn?" flüsterte sie.

„Dein Freund, der dich – liebt – der dich verehrt!"

Sie wußte nicht, ob sie wachte oder träumte. War dies ein entsetzliches Trugbild ihrer Phantasie? Aber in dem Augenblick berührte sie mit der Hand die große Steinplatte des Tisches, auf dem sie gelegen hatte, und nun wußte sie, daß dies alles kein Traum, sondern Wirklichkeit war.

Sie bemerkte, daß zwei Eingänge zu diesem gewölbten, unterirdischen Raum führten. Zu beiden Seiten des Altars führten Wendeltreppen nach oben.

„Wer sind Sie?“ wiederholte sie.

Er zog langsam die Kapuze zurück.

Goodman stand vor ihr. Seine grauen Haare waren zerzaust, sein Gesicht schien nicht so heiter und ruhig wie sonst, sondern wirkte eher hart.

„Aber, Mr. Goodman!“ sagte sie.

„Du sollst mich Leonard nennen“, erwiderte er leise und geheimnisvoll.

Dann legte er seine zitternden Hände auf ihre Schultern.

„Mary – ich habe gewartet – ach, ich habe so lange gewartet auf diesen großen Augenblick, denn ich verehre dich – ich bete dich an.“

Sie ließ sich von der großen Tischplatte herabgleiten und versuchte eine der Wendeltreppen zu erreichen.

„Aber Mary, du fürchtest dich doch nicht vor mir?“

Sie nahm allen Mut und alle Kraft zusammen und schüttelte den Kopf.

„Nein, Mr. Goodman. Warum sollte ich mich auch vor Ihnen fürchten? Im Gegenteil, ich freue mich, daß Sie noch leben. Ich fürchtete, daß Ihnen etwas zugestoßen sein könnte.“

„Mir, kann nichts passieren“, erklärte er und lächelte zuversichtlich. „Dem Mann, der dich liebt, kann niemand etwas anhaben. Gott selber hat ihn beschützt und für diesen Augenblick aufgespart.“

Ihr zitterten die Knie. Nur durch äußerste Willenskraft hielt sie sich aufrecht.

„Du fürchtest dich vor mir, aber das darfst du nicht. Ich kann dir alles geben – alle deine Wünsche erfüllen.“

Er packte sie plötzlich am Arm und zeigte auf die Wände und die tiefen Nischen der Kapelle.

„Hier habe ich Schätze aufgespeichert – da liegt Gold – viel Gold. Du glaubst nicht, wie herrlich die Barren im Lichtschein glänzen.“ Er wies mit der Hand in die Runde. „Hinter den Wänden dieser Kapelle befinden sich viele Kammern, in denen einst die toten Mönche beigesetzt worden sind. Ich habe die Knochen entfernt und das Gold dort versteckt.“

„Was ist das hier für ein Raum, Mr. Goodman?“ fragte Mary ängstlich. „Ich habe ihn früher nie gesehen.“

Ein Lächeln ging über seine Züge.

„Dies ist das Heiligtum, in dem meine Braut mir angetraut wird.“ Er legte den Arm um sie, und sie zwang sich, ruhig zu bleiben und keinen Widerstand zu leisten. „Hier sind früher andere Menschen getraut worden. Riechst du nicht mehr den Weihrauch? Duftet es nicht nach Myrten? Hier werden wir heiraten.“ Er nickte. „Was ist das ganze Leben? Geburt, Heirat und Tod. Auch hier sind Menschen gestorben, vor vielen hundert Jahren, und vielleicht sterben wir beide auch hier.“

Sein Lachen klang unheimlich und irr. Sie hatte es schon in früheren Nächten gehört. “Ich habe Leute hier begraben – hier hinter den Wänden dieser Kapelle – hier!“ Er zeigte auf die verschiedenen Stellen. „Es waren Polizeibeamte, die nach mir suchten – sie kamen von Scotland Yard!"

Er kniete auf den Boden und klopfte auf eine große Steinplatte.

„Der eine von ihnen liegt hier unter dem Boden – ja, hörst du mich? Der kam hierher, um O'Shea zu fangen. Aber ich lebe, und er modert hier hinter dem Stein!"

„Ach, bitte, seien Sie still", stieß sie keuchend hervor. „Sie sind schrecklich!"

Er lachte über ihre Worte.

„Ha, ha! Der schwarze Schrecken! – Ja, so haben sie mich ja wohl genannt. Merkwürdig, daß es der alte Goodman ist! Da saß ich oben in der Halle bei den anderen und hörte, wie diese verrückte, alte Frau von dem Mönch in der schwarzen Kutte sprach, und mußte im stillen lachen. Sie wußte ja gar nicht, daß ich direkt neben ihr saß." Er streckte seine Hand nach Mary aus und faßte sie am Arm.

„Mr. Goodman!" Sie versuchte sich seinem Griff zu entziehen. „Sie werden mich jetzt gehen lassen. Mein Vater wird Ihnen alles geben, was Sie brauchen. Er tut alles für Sie, und Sie wissen, er ist ein Arzt."

Aber sein fester Griff lockerte sich nicht.

„Ach, dein Vater?" fragte er lachend. „Der tut alles, was ich ihm sage, denn er fürchtet mich. Das hast du auch nicht geglaubt, daß der Angst vor mir hat, was? Aber es stimmt. Er glaubt, ich sei wahnsinnig, deshalb sorgt er sich um mich. Im Grunde genommen aber ist er verrückt. Sie sind überhaupt hier alle verrückt!"

Mit fast übermenschlicher Anstrengung gelang es ihr, sich aus seinem Griff zu befreien und zur Treppe zu fliehen. Aber bevor sie die Stufen hinauf eilen konnte, packte er sie wieder und riß sie zurück.

„Nein, du darfst noch nicht fort.“

„Lassen Sie mich jetzt in Ruhe“, sagte sie so ruhig wie möglich. „Ich verspreche Ihnen, daß ich nicht wieder fortlaufen werde. Sie können mir glauben.“

Er nickte und ließ sie los. Sie setzte sich auf eine Steinbank vor dem Altar.

„Und jetzt will ich dir etwas vorspielen. Die Orgel klingt wunderbar in diesen Gewölben.“

Während er spielte, sprach er zusammenhanglose Worte.

„Hast du diese alte Orgel schon gehört?“ Er drehte sich um und sprach über die Schulter zu ihr. „Ich spiele für die Toten. Dann fangen sie an zu leben. Die alten Mönche gehen hier umher, sie kommen in langen Reihen, immer zu zweien und zweien. Junge Leute heiraten hier, und die alten Leute kommen, um hier zu sterben ... Und manchmal sehe ich auch Menschen, die ich kenne, die aber längst tot sind ...“

Plötzlich brach er das Spiel ab und zeigte ins Leere. „Sieh, dort steht Joe Connor!“

Sie konnte nichts erkennen. Goodman winkte dem unsichtbaren Schatten.

„Komm her, Connor, ich muß mit dir sprechen. Du armer Kerl hast lange im Gefängnis gesessen, nur weil der böse O'Shea dich verraten hat! Und nun kommst du und willst deinen Teil an der Beute haben? Gut, mein Junge, du sollst ihn bekommen!“

Er erhob sich und legte den Arm um eine unsichtbare Gestalt. Mary konnte nichts sehen, aber er, in seinem Wahnsinnsanfall, schien tatsächlich Connor zu sehen. Er tat so, als ob er einen Mann zu der Steinbank führte, von der Mary aufgesprungen war.

„Du sollst deinen Anteil haben, mein Junge. Alles Gold ist hier, Connor. Setz dich, ich will dir alles erklären. Ich hatte dieses alte Haus schon viele Monate vor unserem Anschlag auf den Goldtransport gekauft. Du verstehst doch, warum ich das getan, habe, Connor? Dann habe ich das Gold in dem Lastwagen hierhergebracht und es in dieser Kapelle versteckt. Viele Wochen und Monate habe ich gearbeitet und die Gräber der alten Mönche mit Gold gefüllt. Du siehst, wie klug das von mir war, Connor! Ah, nun lächelst du!"

Er erhob sich und trat hinter die Steinbank, auf der der vermeintliche Geist saß.

„Ich sage dir das alles, weil du jetzt tot bist und Tote ja nicht mehr vor Gericht aussagen können.

Und dann habe ich Redmayne zum Besitzer des Hauses gemacht. Der mußte es für mich verwalten. Zuerst wollte er nicht, aber es müßte, denn ich hatte ihn in meiner Gewalt. Mein Verstand war etwas in Unordnung geraten, und Redmayne kümmerte sich um mich. Dafür habe ich ihn bezahlt. Nach außen hin galt ich nichts – nach außen hin war er der Herr von Monkshall. Sieh, und so habe ich die Polizei hinters Licht geführt. Niemand ist es im Traum eingefallen, daß ich O'Shea war! – Und nun kommst du hierher und willst deinen Teil haben – du verdammter Hund! Ich werde dir das Genick umdrehen! Ich werde dich erwürgen, du Schuft, du!"

Er schrie wild auf und griff in die Luft, als ob er einem Mann die Kehle zudrücken wollte. Dann tat er so, als ob er ihn zu Boden würfe, und kniete auf den Steinen. Sein Gesicht war vor Wut verzerrt.

Plötzlich schien er sich daran zu erinnern, daß Mary in der Kapelle war, und er sah sich um.

„Aber du fürchtest dich vor mir", sagte er ganz sanft, „ich hätte das nicht tun sollen."

Er trat nahe an sie heran, und plötzlich riß er sie an sich. Sie schrie vor Entsetzen auf, aber er beruhigte sie.

„Ich will dich nicht erschrecken, du sollst dich nicht vor mir fürchten. Schrei doch nicht! Ich liebe dich viel zu sehr, als daß ich dich erschrecken möchte."

Er wollte sie küssen, aber sie bog sich weit zurück.

„Nein, noch nicht – lassen Sie mir noch etwas Zeit..."

Er gab sie frei.

„Du wirst noch lernen, mich zu lieben. Hast du die kleinen Türen in den Wänden der Gänge gesehen? Die alten Mönche lebten dort, und dort ist auch dein Brautgemach."

Sie versuchte verzweifelt, Zeit zu gewinnen. Solche Wahnsinnsanfälle mußten ja auch wieder vorübergehen.

„Sie haben eben gesagt, daß Sie mich lieben", sagte sie leise.

„Ja, ich verehre dich, ich bete dich an", erwiderte er und verneigte sich leicht vor ihr.

„Sie würden mich doch nicht zwingen, Sie zu lieben, wenn ich einen andern gern hätte? Das würden Sie doch nicht tun?"

Er wurde bleich.

„Liebst du denn einen anderen?"

„Ja – ich – ich liebe Mr. Fane."

Es trat eine Pause ein. Keiner von beiden rührte sich oder sagte etwas. Dann griff er plötzlich nach ihrer Kehle. Sie glaubte schon, ihr Schicksal sei besiegelt, als sie jemand am Arm packte und zur

Seite riß. O'Shea sah sich einem Mann gegenüber, der eine Pistole auf ihn gerichtet hatte.

„Ich verhafte Sie, O'Shea!“

Es war Ferdie Fane, der Mary gerettet hatte.

„Gehen Sie von dem Lichtschalter weg ... Ich will hier nicht plötzlich im Dunkeln sein. Treten Sie noch weiter nach links! So, jetzt bleiben Sie stehen.“

„Wer sind Sie?“ fragte O'Shea verhältnismäßig ruhig.

„Mein Name ist Bradley! Inspektor Bradley von Scotland Yard. Ich verhafte Sie, O'Shea! Seit drei Jahren warte ich auf diese Gelegenheit, und jetzt weiß ich alles, was ich wissen muß.“

O'Shea nickte.

„Dann wissen Sie auch, was ich mit Marks gemacht habe?“

„Ja, Sie haben ihn ermordet.“

„Er versuchte mich zu erwürgen. Ich glaube, er hatte mich erkannt. Seine Leiche ...“

„Habe ich hinter der Mönchstür gefunden und dann in den Sessel gelegt, in dem ich vorher saß. Wären er und Connor meinem Rat gefolgt, so wären sie heute beide noch am Leben.“

O'Shea lächelte.

„Also, Sie sind Bradley? Derselbe, der Connor verhaftete? Und unseren Freund Marks auch? – Nun, ich verdiene, daß es mir so geht, weil ich Sie nicht zur rechten Zeit erkannt habe. – Miss Redmayne, ich möchte mich bei Ihnen entschuldigen. Es tut mir leid, daß ich manchmal nicht ganz bei Verstand bin, aber das geht immer wieder vorüber. Nun möchte ich auch diese Mönchskutte ablegen.“

Langsam zog er das schwarze Gewand aus.

„Nehmen Sie sich in acht", sagte Mary leise zu Bradley. „Es ist möglich, daß er noch immer wahnsinnig ist." Obgleich sie leise gesprochen hatte, verstand O'Shea ihre Worte.

„Ach, Miss Redmayne –", sagte er lächelnd. „Sie können das nicht gut beurteilen. Nun, Mr. Bradley, in kurzer Zeit werden Sie ja diese liebenswürdige junge Dame heiraten, die eben eingestanden hat, daß sie Sie liebt. Ich möchte Ihnen auch ein kleines Hochzeitsgeschenk machen."

Bradley wäre dem tödlichen Streich kaum entgangen, wenn O'Shea nicht auf dem glatten Stein ausgeglitten wäre. Er stürzte nieder und fiel gegen die Wandtäfelung. Durch den Anprall brach das Holz, und die dahinter aufgeschichteten Goldbarren fielen laut polternd auf den Steinboden.

O'Shea starrte auf das Gold, das er mit so großer Mühe und List hier versteckt hatte, dann begann er zu lachen.

„Ein Hochzeitsgeschenk!" wiederholte er und blickte irr um sich.

Er lachte auch noch, als Hallick und drei andere Beamte von Scotland Yard ihn in ihrem Wagen nach London brachten.